中國吃

唐魯孫——著

目錄

饞人說饞——閱讀唐魯孫

逯耀東

前些時，去了一趟北京。在那裡住了十天。像過去在大陸行走一樣，既不探幽攬勝，也不學術掛鉤，兩肩擔一口，純粹探訪些真正人民的吃食。所以，在北京穿大街過胡同，確實吃了不少。但我非燕人，過去也沒在北京待過，不知這些吃食的舊時味，而且經過一次天翻地覆以後，又改變了多少，不由想起唐魯孫來。

七〇年代初，臺北文壇突然出了一位新進的老作家。所謂新進，過去從沒聽過他的名號。至於老，他操筆為文時，已經花甲開外了，他就是唐魯孫。民國六十一年《聯副》發表了一篇充滿「京味兒」的〈吃在北京〉，不僅引起老北京的蓴鱸之思，海內外一時傳誦。自此，唐魯孫不僅是位新進的老作家，又是一位多產的作家，從那時開始到他謝世的十餘年間，前後出版了十二冊談故鄉歲時風物，市廛風俗，飲食風尚，並兼談其他軼聞掌故的集子。

這些集子的內容雖然很駁雜，卻以飲食為主，百分之七十以上是談飲食的，唐魯孫對吃有這麼濃厚的興趣，而且又那麼執著，歸根結柢只有一個字，就是饞。他在〈烙盒子〉寫到：「前些時候，讀逯耀東先生談過天興居，於是把我饞人的饞蟲，勾了上來。」梁實秋先生讀了唐魯孫最初結集的《中國吃》，寫文章說：「中國人饞，也許北京人比較起來更饞。」唐魯孫的回應是：「在下忝為中國人，又是土生土長的北京人，可以夠得上饞中之饞了。」而且唐魯孫的親友原本就稱他為饞人。他說：「我的親友是饞人卓相的，後來朋友讀者覺得叫我饞人，有點難以啟齒，於是賜以佳名叫我美食家，其實說白了還是饞人。」其實，美食家和饞人還是有區別的。所謂的美食家自標身價，專挑貴的珍饈美味吃，饞人卻不忌嘴，什麼都吃，而且樣樣都吃得津津有味。唐魯孫是個饞人，饞是他寫作的動力。他寫的一系列談吃的文章，可謂之饞人說饞。

不過，唐魯孫的饞，不是普通的饞，其來有自；唐魯孫是旗人，原姓他他那氏，隸屬鑲紅旗的八旗子弟。曾祖長善，字樂初，官至廣東將軍。長善風雅好文，在廣東任上，曾招文廷式、梁鼎芬伴其二子共讀，後來四人都入翰林。長子志銳，字伯愚，次子志鈞，字仲魯，曾任兵部侍郎，同情康梁變法，戊戌六君常集會其家，慈禧聞之不悅，調派志鈞為伊犁將軍，遠赴新疆，後敕回，辛亥時遇刺。仲魯是唐魯孫的祖父，其名魯孫即緣於此。唐魯孫的曾叔祖父長敘，官至刑部次郎，其二女並選入宮侍光緒，為珍妃、瑾妃。珍、瑾二妃是唐魯孫的族姑祖母。民初，唐魯孫時七八歲，進宮向瑾太妃叩春節，被封為一品官職。唐魯孫的母親是李鶴年之女。李鶴年奉天義州人，道光二十年翰林，官至河南巡撫、河道總督、閩浙總督。

唐魯孫是世澤名門之後，世宦家族飲食服制皆有定規，隨便不得。唐魯孫說他家以蛋炒飯與青椒炒牛肉絲試家廚，合則錄用，且各有所司。小至家常吃的打滷麵也不能馬虎，要滷不瀉湯才算及格，吃麵必須麵一挑起就往嘴裡送，筷子一翻動，滷就瀉了。這是唐魯孫自小培植出的饞嘴的環境。不過，唐魯孫雖家住北京，可是他先世遊宦江浙、兩廣，遠及雲貴、川黔，成了東西南北的人。就飲食方面，嘗遍南甜北鹹，東辣西酸，口味不東不西，不南不北變成雜合菜了。這對唐魯孫這個饞人有個好處，以後吃遍天下都不挑嘴。

唐魯孫的父親過世得早，他十六七歲就要頂門立戶，跟外面交際應酬周旋，觥籌交錯，展開了他走出家門的個人的飲食經驗。唐魯孫二十出頭就出外工作，先武漢後上海，遊宦遍全國。他終於跨出北京城，東西看南北吃了，然其饞更甚於往日。他說他吃過江蘇里下河的鮰魚，松花江的白魚，就是沒有吃過青海的鰉魚。後來終於有一個機會一履斯土。他說：「時屆隆冬數九，地凍天寒，誰都願意在家過個閤家團圓的舒服年，有了這個人棄我取，可遇不可求的機會，自然欣然就道，冒寒西行。」唐魯孫這次「冒寒西行」，不僅吃到青海的鰉魚、烤犛牛肉，還在甘肅蘭州吃了全羊宴，唐魯孫真是為饞走天涯了。

民國三十五年，唐魯孫渡海來臺，初任臺北松山菸廠的廠長，後來又調任屏東菸廠，六十二年退休。退休後覺得無所事事，可以遣有生之涯。終於提筆為文，至於文章寫作的範圍，他說：「寡人有疾，自命好啖。別人也稱我饞人。所以，把以往吃過的旨酒名饌，寫點出來，就足夠自娛娛人的了。」於是饞人說饞就這樣問世了。唐魯孫說饞的文章，他最初的文友後來成為至交的夏元瑜說，唐魯孫以文字形容烹調的味道，「好像老殘遊記山水風光，形容黑妞的大鼓一般。」這是說唐魯孫的饞人談饞，不僅寫出吃的味道，並且以吃的場景，襯托出吃的情趣，這是很難有人能比較的。所以如此，唐魯孫說：「任何事物都講究個純真，自己的舌頭品出來的滋味，再用自己的手寫出來，似乎比捕風捉影寫出來的東西來得真實扼要些。」因此，唐魯孫將自己的飲食經驗真實扼要寫出來，正好填補他所經歷的那個時代，某些飲食資料的真空，成為研究這個時期飲食流變的第一手資料。

尤其臺灣過去半個世紀的飲食資料是一片空白，唐魯孫民國三十五年春天就來到臺灣，他的所見、所聞與所吃，經過饞人說饞的真實扼要的記錄，也可以看出其間飲食的流變。他說他初到臺灣，除了太平町延平北路，幾家穿廊圓拱，瓊室丹房的蓬來閣、新中華、小春園幾家大酒家外，想找個像樣的地方，又沒有酒女侑酒的飯館，可以說是鳳毛麟角，幾乎沒有。三十八年後，各地人士紛紛來臺，首先是廣東菜大行其道，四川菜隨後跟進，陝西泡饃居然也插上一腳，湘南菜鬧騰一陣後，雲南大薄片、湖北珍珠丸子、福建的紅糟海鮮，也都曾熱鬧一時。後來，又想吃膏腴肥濃的檔口菜，於是江浙菜又乘時而起，然後更將目標轉向淮揚菜。於是，金齊玉膾登場獻食，村童山老愛吃的山蔬野味，也紛紛雜陳。可以說集各地飲食之大成、彙南北口味為一爐，這是中國飲食在臺灣的一次混合。

不過，這些外地來的美饌，唐魯孫說吃起來總有似是而非的感覺，經遷徙的影響與材料的取得不同，已非舊時味了。於是饞人隨遇而安，就地取材解饞。唐魯孫在臺灣生活了三十多年，經常南來北往，橫走東西，發現不少臺灣在地的美味與小吃。他非常欣賞臺灣的海鮮，認為臺灣的海鮮集蘇浙閩粵海鮮的大成，而且尤有過之，他就以這些海鮮解饞了。除了海鮮，唐魯孫又尋覓各地的小吃。如四臣湯、碰舍龜、吉仔肉粽、米糕、虱目魚粥、美濃豬腳、臺東旭蝦等等，這些都是臺灣古早小吃，有些現在已經失傳。唐魯孫吃來津津有味，說來頭頭是道。他特別喜愛嘉義的魚翅肉羹與東港的蜂巢蝦仁。對於吃，唐魯孫兼容並蓄，而不獨沽一味。其實要吃，不僅要有好肚量，更要有遼闊的胸襟，不應有本土外來之殊，一視同仁。

唐魯孫寫中國飲食，雖然是饞人說饞，但饞人說饞有時也說出道理來。他說中國幅員廣寬，山川險阻，風土、人物、口味、氣候，有極大的不同，因各地供應飲膳材料不同，也有很大差異，形成不同區域都有自己獨特的口味，所謂南甜、北鹹、東辣、西酸，雖不盡然，但大致不離譜。他說中國菜的分類約可分為三大派系，就是山東、江蘇、廣東。按河流來說則是黃河、長江、珠江三大流域的菜系，這種中國菜的分類方法，基本上和我相似。我講中國歷史的發展與流變，即一城、一河、兩江。一城是長城，一河是黃河，兩江是長江與珠江。中國的歷史自上古與中古，近世與近代，漸漸由北向南過渡，中國飲食的發展與流變也寓其中。

唐魯孫寫饞人說饞，但最初其中還有載不動的鄉愁，但這種鄉愁經時間的沖刷，漸漸淡去。已把他鄉當故鄉，再沒有南北之分，本土與外來之別了。不過，他下筆卻非常謹慎。他說：「自重操筆墨生涯，自己規定一個原則，就是只談飲食遊樂，不及其他。以宦海浮沉了半個世紀，如果臧否時事人物惹些不必要的嚕囌，豈不自找麻煩。」一常言道：大隱隱於朝，小隱隱於市。唐魯孫卻隱於飲食之中，隨世間屈伸，雖然他自比饞人，卻是個樂天知命而又自足的人。

一九九九歲末寫於臺北糊塗齋

序

夏元瑜

兩年多以前，有一天《聯合報》副刊上看見一篇〈吃在北平〉，洋洋灑灑，連載三天。把所有的飯館子分了類，誰家有什麼拿手菜和秘密菜——年節招待老主顧的——以至微不足道的小館子，只要有些微可取之處的全包羅進去，真嚇了我一跳。讀過的有關故都的文章多了，可沒見過如此有系統，有內容的。不得不由衷的起敬，寫了一封信請報社轉給這篇大文的作者「唐魯孫」先生。沒多久，唐先生的回信來了，從此他來我往，彼此信到即覆。想不到離鄉背井二十六年之後，竟在報上找到了莫逆之交，可是誰也沒見過誰。

他的信與眾不同，字很小，十分的工整，一筆不苟的楷書，可是有幾個極普通的字慣用古寫，一望而知他是位做事細心的世澤名門之後。過了大半年，我們見了面，雖是初會，其實早就是無話不說的老朋友了。這以後，他有空的時候就要原子筆，我呢，也以此為消遣。彼此你一篇我一篇的寫下去，和競賽一般。我在認識魯孫之前也常寫一點回憶故鄉的短篇，自從一看過他的文章之後，我立刻改了行，不再提北平往事，因為自愧不如，趁早藏拙。

未幾，中國時報副刊上開了個〈古往今來〉的專欄，好幾位老友輪流寫些個「想當初」的稿子，但是讀者們常希望能跳出北平城牆之外，不要全限於一地。於是唐兄的筆鋒躍身一跳到了上海，到了法國，以至林語堂、武林技擊等，包羅複雜。誰也鬧不清他倒底是專幹哪一行的。反正他是現在的一位博學多聞的多產作家。

有人說他的這些資料從哪兒來的，想必也有所本？我可以誠懇奉告：他的資料全是他親自的經歷，由於記性好，所見所聞全忘不了。他不是找資料來寫的，而他寫的才是後世的資料。

唐兄初期的文稿中有關飲食的特別多——也許是他興趣所在吧，他能以文字來形容烹調的滋味，好像老殘遊記中以山水風光來形容黑妞唱的大鼓一般。他寫的「吃」不是食譜，而是描寫的已成之菜。有些讀者來書，有要跟唐師傅學手藝的，也有打算和他合開買賣的，還有位小妹妹提供他上哪兒找紫藤的花好做藤蘿餅的。我也很希望他能寫出一部古今食譜大全來。

文章不怕長，可怕厭，令人越讀越厭，誰還肯看。魯孫的文全用北平話寫的，流暢而幽默，有時長一點兒可絕不令人生厭，保證你越讀越有意思，而且會越讀越饞——此乃唐氏奇文之特徵，曠古文壇所初見。

從前施耐庵在家閒著沒事兒，寫寫水滸傳，朋友們看了全說好，日後竟然流傳千古。魯孫的作品又快又多，日積月累兩三年來夠二十萬字了。承上秦兄的建議，乃分為《中國吃》和《南北看》二冊，一塊兒印出，但願它也像水滸傳一樣流傳萬世。

作序本該請位有地位、有名望的人大筆一揮，稱讚一番以光篇幅，沒有請無師自通的草莽作家——如在下者流——來作的。大概也以我同是暮年而改拿原子筆的同道之故，囑我來寫，實在愧不敢當。

唐魯孫先生小傳

唐魯孫，本名葆森，魯孫是他的字。民國前三年九月十日生於北平。滿族鑲紅旗後裔，是清朝珍妃的姪孫。畢業於北平崇德中學、財政商業學校。擅長財稅行政及公司理財，曾任職於財稅機關，對於菸酒稅務稽徵管理有深刻認識。民國三十五年臺灣光復，隨岳父張柳丞先生來臺，任菸酒公賣局秘書。後歷任松山、嘉義、屏東等菸葉廠廠長。當年名噪一時的「雙喜」牌香煙，就是松山菸廠任內推出的。民國六十二年退休，計任公職四十餘年。

先生年輕時就隻身離家外出工作，遊遍全國各地，見多識廣，對民俗掌故知之甚詳，對北平傳統鄉土文化、風俗習慣及宮廷秘聞尤其瞭若指掌，被譽為民俗學家。再加上他出生貴冑之家，有機會出入宮廷，親歷皇家生活，習於品味家廚奇珍，又見多識廣，遍嘗各省獨特美味，對飲食有獨到的品味與見解。閒暇時往往對各家美食揣摩鑽研，改良創新，而有美食家之名。

先生公職退休之後，以其所見所聞進行雜文創作，六十五年起發表文章，民俗、美食成為其創作基調，內容豐富，引人入勝，斐然成章，自成一格。著作有《老古董》、《酸甜苦辣鹹》、《天下味》等十二部（皆為大地版）量多質精，允為一代雜文大家，而文中所傳達的精緻生活美學，更足以為後人典範。

民國七十二年，先生罹患尿毒症，晚年皆為此症所苦。民國七十四年，先生因病過世，享年七十七歲。

吃在北平

北平自從元朝建都，一直到民國，差不多有六百多年歷史，人文薈萃，在飲食服御方面自然是精益求精，甚且踵事增華，到了近乎奢侈的地步。民國初年，六九城無論哪一類鋪戶，只要向京師警察廳領張開業執照，就可以挑上幌子，正式開張大吉了。當時夠得上叫飯館子的，最盛時約莫有九百多戶，接近一千家，真可以說是洋洋大觀，集飲食之大成。

飯莊子

說到北平的飯館子，大都可分為三類，第一類是飯莊子。所謂飯莊子，全有寬大的院落，上有油漆整潔的鉛鐵大罩棚，另外還得有幾所跨院，最講究的還有樓臺亭閣、曲徑通幽的小花園，能讓客人詩酒流連，樂而忘返；正廳必定還有一座富麗堂皇的戲臺，那是專供主顧們唱堂會戲用的。這種莊館，在前清，各衙門每逢封印、開印、春卮、團拜、年節修禊，以及紅白喜事、做壽慶典，大半都在飯莊子裡舉行，一開席就是百把來桌。

北洋時期，有一年張宗昌在南口喜峰一帶，跟馮玉祥的西北軍來了一次直魯大交兵，結果大獲全勝，長腿將軍在高興之餘，要在南口戰場犒賞三軍，派軍需到北平找飯館。承應這趟外燴，一合計要訂一千桌到一千五百桌酒席，買賣倒是一樁好買賣，可是大家只有你瞧著我，我瞧著你，彼此乾瞪眼，誰也不敢接下來。後來還是忠信堂的大拿（**即大管事**）崔六有點膽識，跟店東一合計，乍著膽子，把這號大買賣接下來了。

桌椅方面倒不用發愁，在戰場上大擺酒筵，大家都是席地而坐，至於盛菜用的杯盤碗盞，因為數量實在太多，著實讓崔頭兒傷了點腦筋。後來他終於把城裡城外所有跑大棚口子上的傢伙，全給包了下來，這個問題才算解決。可是炒菜的鍋，上哪兒去找那麼大的呀？到底人家崔六真有辦法，他把北京城乾果子鋪炒糖栗子的大鐵鍋，連同大平鏟，一古腦兒都運到南口前線，當炒菜鍋用。當然炒蝦仁也談不到平底鍋，炒七鏟子半起鍋了。可是一開席，煎炒烹炸溜氽燴燉樣樣俱全，苦戰幾個月的阿兵哥，整天啃窩頭喝涼水，成年整月不動葷腥的老哥們，現在山珍海錯羅列滿前，一個個狼吞虎嚥，有如風捲殘雲，一霎時碗底朝天，酒足飯飽，歡聲雷動。

南口大會餐，弟兄們這一頓猛吃，可就把忠信堂的買賣哄起來了，後來只要是軍方請客，大家都離不開忠信堂。以上這段雖然是閒扯，但也可以說明當初北平飯莊子做生意，有多大魄力了。

北平飯莊子，雖然以包辦筵席為主，可是家家都有一、兩樣秘而不宣的拿手菜，到了端午、中秋或者是年根底下，才把認為可交的老主顧請到櫃上來，吃一頓精緻而拿手的菜。一方面是拉攏交情，一方面是顯顯灶上的手藝，炫耀一番。

以東城金魚胡同福壽堂來說吧，端午節櫃上照例請一次客，準有一道他家的拿手菜「翠蓋魚翅」。北平飯莊子整桌酒席上的魚翅，素來是中看不中吃的，一道菜，一個十四寸白地藍花細瓷大冰盤，上面整整齊齊鋪上一層四寸來長的魚翅，下面大半是雞絲、肉絲、白菜墊底，既不爛，又不入味。凡是吃過廣府大排翅、小包翅的老爺們，給這道菜上了一個尊號，稱之為「怒髮衝冠」。話雖然刻薄一點，可是事實上確然不假，並沒有冤枉他們。

人家福壽堂端陽節請卮的翠蓋魚翅，可就迥然不同了。這道菜他們是選用上品小排翅，發好，用雞湯文火清燉，到了火候，然後用大個紫鮑、真正雲腿，連同剮好的油雞，僅要撂下的雞皮，用新鮮荷葉一塊包起來，放好作料來燒。大約要燒兩小時，再換新荷葉蓋在上面，上籠屜蒸二十分鐘起鍋，再把荷葉扔掉，另用綠荷葉蓋在菜上上桌，所以叫翠蓋魚翅。魚翅本身不鮮，原來就是一道借味菜，火工到家，火腿、鮑魚的香味全讓魚翅吸收，雞油又比脂油滑細，這個菜自然清醇細潤，荷香四溢而不膩人。不過人家櫃上請客，一年一次，除非是老主顧，恐怕吃過的人還真不太多呢。

北城什剎海的會賢堂，因為什剎海是消夏避暑勝地，會賢堂佔了地利的關係，所以夏季生意特別興旺。究其實，這個飯莊子並沒有什麼拿手好菜，只是下酒的冷盤種類特別多，尤其是河鮮兒「什錦冰碗」，那是別家飯莊子比不了的。

據說會賢堂左近有十畝荷塘，遍種河鮮菱藕，塘水來源跟北府（北平人管醇親王府叫北府，也就是光緒、宣統的出生地）同一總源，都是京西玉泉山天下第一泉的泉水，引渠注入，因此所產河鮮，細嫩透明，酥脆香甜。比起杭州西湖的蓮藕，尤有過之，特別是鮮蓮子顆顆粒壯衣薄，別有清香。

此外河塘還產雞頭米（又名芡實米，南方入藥用），普通雞頭，都是等老了才採來挑擔子下街吆喝著賣，賣不完往藥鋪一送，頂多採點二蒼子（不老不嫩者叫二蒼子），應付應付老主顧。剛剛壯粒的雞頭，極嫩的煮出來呈淺黃顏色，不但不出份量，藥鋪也不收，所以誰也捨不得採。可是會賢堂因為是供應做河鮮冰碗用的，越嫩越好，也就不惜工本了。

冰碗裡除了鮮蓮、鮮藕、鮮菱角、鮮雞頭米之外，還得配上鮮核桃仁、鮮杏仁、鮮榛子，最後配上幾粒蜜餞溫朴（即榲桲），底下用嫩荷葉一托，紅是紅，白是白，綠是綠。炎炎夏日，有這麼一份冰碗來卻暑消酒，的確令人心暢神怡。這種配合天時地利的時鮮，如果在臺北大餐廳、大飯店有售，價格一定高得驚人。

記得有一年夏天，熊秉三、郭嘯麓發起在會賢堂舉行一次消夏雅集。所有當時在京擔任過財政部總長、次長的，如張弧、王克敏、曹汝霖、梁士詒、周自齊、高凌霨、夏仁虎、凌文淵、王嵩儒等各路財神，一網打盡，結果給香山慈幼院捐了一筆頗為可觀的經費。這次消夏雅集，就是用會賢堂時鮮冰碗招徠的財富，北平一家報紙曾把這次雅集改名叫「財神爺大聚會」，時鮮冰碗起名叫「聚寶盆」，可以說是謔而不虐的一個小玩笑。

地安門外的慶和堂，算是北城最有名的飯莊子了，他的主顧多半是住在北城王公府邸的，所以他家的堂倌都經過特別訓練，應對進退都各有一手。他的拿手菜叫「桂花皮炸」（讀如「渣」），說穿了其實就是炸肉皮。不過，他們所用的豬肉皮都是精選豬脊背上三寸寬的一條，首先毛要拔得乾乾淨淨，然後用花生油炸到起泡，撈出瀝乾、晒透，放在瓷罎裡密封；下襯石灰防潮及濕，等到第二年就可以食用了。做菜時，先把皮炸用溫水洗淨，再用高湯或雞湯泡軟，切細絲下鍋，加作料武火一炒，雞蛋打碎往上一澆，撒上火腿末一摟起鍋，就是桂花皮炸。鬆軟肉頭，香不膩口，沒吃過的人，真猜不出是什麼東西炒的。

這個菜可以說是地地道道北平菜，臺北地區開了那麼多北方館，您要是點一個桂花皮炸，跑堂的可能就抓瞎啦。

西城的飯莊子有聚賢堂、同和堂，妙在兩家同在西單牌樓報子街，相隔不過是幾步路。聚賢堂三面有樓有戲臺（據說戲臺是白虎臺，男女名角都不願意在那兒唱堂會，怕出岔子），比較新式點；同和堂雖然沒有戲臺，可是院落多，純粹老派兒，有幾個跨院花木扶疏，曲徑朱檻，知己小酌，如同在家裡請客一樣，毫無市井煙火氣。

同和堂有一道拿手菜叫「天梯鴨掌」，舍間跟他們交往多年，筆者也僅僅吃過一回。這個菜的做法，是把填鴨的鴨掌，撕去厚皮，然後用黃酒泡起來，等到把鴨掌泡到發漲，鼓得像嬰兒手指一般肥壯，拿出來把主骨附筋一律抽出來不要；用肥瘦各半的火腿，切成二分厚的片，一片火腿夾一隻鴨掌；另外把春筍也切成片，抹上蜂蜜，一起用海帶絲紮起來，用文火蒸透來吃。火腿的油和蜂蜜慢慢滲過鴨掌筍片，非常濡潤適口，比起湘館的富貴火腿，本身已經厚膩飽人，再加上蜜蓮墊底，要高明多了。春筍切片，好像竹梯，所以名之曰「天梯鴨掌」。自從民國二十幾年歇業後，這道菜久已失傳，甚至提起菜名都沒有人知道了。

聚賢堂拿手菜是「炸響鈴雙汁」。北平人雖然不講究吃明爐乳豬，但是盒子鋪天天都賣脆皮爐肉的，逢到郊天祭祖，更有用烤小豬祭祀的。響鈴就是把烤好小豬的脆皮回鍋再炸，就叫「炸響鈴」。自從有了屠宰稅，在北平想吃一回烤小豬，那麻煩可大了。這兒繳捐，那兒納稅，填表領證，跑東跑西，鬧了個人仰馬翻，還不一定準能吃到嘴，誰能為了吃，惹那麼多麻煩呀！再加上年頭不景氣，大家都沒有閒情在吃上動腦筋了，可是如果在聚賢堂擺席請客，還能吃得著炸響鈴。因為西單大街有一家醬肘子鋪，叫「天福」的，外帶肉槓，生意做出了名，每天都要烤幾方爐肉賣。當然不時碰到了薄皮仔豬，聚賢堂跟「天福」街裡街坊，做了多少年買賣，紅白壽慶還過堂客（有喜慶事內眷往來叫過堂客），交往深厚。有炸響鈴這道菜，就是從「天福」勻來爐肉炸的，加上甜鹹勾汁雙澆，慢慢就成了聚賢堂的門面菜了，如果拿來下酒，比起炸龍蝦片的虛無縹緲，似乎有些咬勁，耐於咀嚼。

南城外本來也有幾個像樣的大飯莊子，後來由於各式各樣的飯館子愈開愈多，同時要唱堂會有正乙祠、織雲公所、江西會館，比一般飯莊子又寬敞又豁亮，後來陸陸續續撐持不住，關門歇業。最後只剩下一個取燈胡同同興堂，要不是梨園行鼎力支持，也早就垮臺了。

梨園行凡是祭祖、嗬聖、拜師、收徒，還有拜把兄弟焚表結義，同興堂對這一套準備得周到齊全，大家也不約而同都到同興堂來舉行。

他家有一點一菜都很出名，菜是「燴三丁」，所謂三丁是火腿、海參、雞丁。火腿不用說要選頂上中腰封；海參當然是用黑刺參，絕不會拿海茄子來充數；至於雞丁，必須是帶雞皮的活肉，不能摻一點胸脯肉。因為用料選得精，再加上所有芡粉是藕粉加茯苓粉勾出來的，薄而不瀉，因之吃到嘴裡沒有發柴發木的感覺。

白石老人齊璜生前最欣賞他家的燴三丁。余叔岩收李少春為徒，在同興堂謝后，有齊老在座，特別推薦他家的燴三丁，經過大家品嘗，全都讚不絕口，一連來了三碗燴三丁。彼時老人牙口已弱，獨據一碗，以汁蘸饅頭吃，一時傳為美談。後來文人墨客，凡是到同興堂吃飯，都要叫個燴三丁來嘗嘗。

他家「棗泥方譜」也做得特別地道。在北平棗兒雖然不值錢，可是棗兒有好壞。郎家園有一種緊皮棗，晒乾之後個兒不大，可是肉厚香甜，他家就是用這種棗子做棗泥餡兒。絕不加糖，蒸出來的方譜是天然棗香自來甜。

方譜是用木頭模子刻出來蒸的。北平崑曲花臉名票胡井伯，收戲曲學校費玉策做徒弟，在同興堂磕頭，胡爺跟同興堂東家是把兄弟，特地把珍藏一套二十四塊全本《三國志》木刻模子拿出來，做了三份。可惜不知道是什麼人的手筆，真有幾方布局，線條非常雅致，而且神情刻畫得栩栩如生。後來故都名畫家陳半丁特別情商，借出來送到琉璃廠淳菁閣南紙店，每塊都請姚茫父題了詞，拓刻印成詩箋，筆者當時也分到了幾盒，可惜都沒帶到臺灣來，否則也讓現在年輕人瞧瞧，咱們中國吃喝還有一套藝術呢。

其他還有許多飯莊子，各家有各家的拿手菜，在此處不再多談，下面再說第二種飯館子。

飯館子

北平的飯館子以成桌筵席跟小酌為主，雖然也應外燴，頂多不過十桌八桌，至於幾十、上百桌的酒席就很少接了。

北平最有名的飯館子第一要數東興樓。據說東興樓是一位山東榮成老鄉，向西太后駕前大紅人總管太監李蓮英領東開的。李在內廷吃過見過，所以東興樓有幾樣菜，拿出來確實有獨到之處。

先拿他家「燴鴨條鴨腰加糟」來說吧，那是所有北平山東館誰也比不了的。不但鴨條選料精，就是鴨腰也都大小均勻，最要緊的配料是香糟。

東興樓對面緊挨著真光電影院，有一家酒店叫東三和，大概在明朝天啟年間就有這個酒店了。傳言天啟帝微服出巡，曾經光顧過這家酒店，後櫃有一塊匾，寫著「皇莊老酒」四個大字，就是天啟皇爺的御筆。東興樓溜菜、燴菜所用的白糟，都是東三和的老糟，所以有一種溫醇浥浥的酒香。

此外，「鹽爆肚仁」、「炸肫去邊」、「烏魚蛋格素」都算是東興樓的招牌菜。他家酒席上的炸肫，一律用白地藍花大瓷盤上菜，頂多十三、四塊炸肫，看起來真像是一碟心。您如果問他們為什麼不多炸幾塊？堂倌一定回說這是牙口菜，嘴快的也不過吃兩塊，要是炸一滿盤，一人來上七八塊，腮幫子都嚼酸了，後來的菜也沒法吃了，下回誰還再來照顧東興樓呀？想不到他們還真有一套吃的理論呢。至於烏魚蛋，實際就是烏龜子，叫烏魚蛋比較好聽，每個大約拇指大小，要收拾得越薄越好，下水一汆就吃，既鮮且嫩。臺北的山西餐廳有時候有這個菜，那不過是聊備一格而已。

北平的淮揚館錫拉胡同的玉華台，確實不錯，灶上白案子是清朝末年大吃客楊世驤家裡培植出來的，一籠「淮城湯包」，抓起來像口袋，放在碟子裡兩層皮，就是淮城人嘗了，也讚不絕口，認為在淮城也沒吃過這麼好的湯包。後來，玉華台的淮城湯包出了名，名氣到了凡是小酌客人來吃，回說不賣湯包，要整桌酒席兩道點心一甜一鹹，才有湯包給您吃呢。走遍大江南北，玉華台的湯包可以說是頭一份兒了。

北平隆福寺街有一家北方館，介乎飯莊飯館之間，叫福全館，正院也有一座精巧的戲臺，凡是小型堂會賓客不多，大半都愛在福全館來舉行。記得有一年鹽業銀行張伯駒唱《失空斬》，余叔岩飾王平，楊小樓飾馬謖，王鳳卿飾趙雲。這齣在梨園界轟動一時的戲，就是在福全館唱的。

他家最有名的菜是「水晶肘子」，大家所以欣賞他家這道菜，就是肘子上的毛拔得特別乾淨。要是夏季，您在福全館正院大罩棚底下，邀上三五知己，來兩斤竹葉青，弄一盤冷玉凝脂、晶瑩透明的水晶肘兒下酒，倒別有一番風味。

南城外江浙館要數春華樓最雅致了。他家店東不但為人風雅四海，而且精於賞鑑，他跟湖社弟子畫馬名家馬晉（號伯逸），交情莫逆，雖然馬伯逸長年茹素禮佛，可是一得空就到春華樓串串門子、聊聊天。春華樓每間雅座，都掛滿了時賢書畫，大半都是酒酣耳熱，即興揮毫，真有幾件神來之筆。就拿舊王孫溥二爺來說吧，他最愛吃春華樓「大烏參嵌肉」，一盤大烏參端上來，要是在座的都是比較隨便的朋友，我們溥二爺就要「三分天下有其二」了。

筆者最欣賞春華樓的「銀絲牛肉」，肉絲切得特細，而且不像廣東菜館，因為求其肉嫩，把牛肉又拍又打，外加小蘇打，嫩則嫩矣，可是原味全失。人家春華樓的銀絲牛肉，全憑刀工火候，嫩而有味，同時墊底的銀絲，炸得也恰到好處，絕不會有炸得太焦、炸得不透、塞牙礙齒的情形。到春華樓而不點銀絲牛肉者，可以說虛此行矣。

宣武門外半截胡同有個廣和居，算是飯館子資格最老的一家了。此居歷經嘉、道、咸、同、光、宣，一直到民國十六年北伐前後，根據歷代賢臣大儒、逸士名流私家記載，凡是雅集小宴都離不開廣和居。潘炳年的「潘魚」，吳閏生的「吳魚片」，江藻的「江豆腐」，都是教給廣和居的廚子後研究出來的名菜。可惜民國二十年左右廣和居就封灶歇業，灶上掌勺的頭廚，被西單牌樓同和居攬了過去。

提起同和居，也是光緒年間的買賣。想當年各位朝臣散了早朝，差不多都到西四北的柳泉居聚會議事，或者是缸瓦市的砂鍋居。由於柳泉居太吊腳，砂鍋居只賣燒燎白煮，完全在豬身上找，既膩人，又單調，於是同和居就應運而生。

同和居有道甜菜叫「三不黏」，不黏筷子、不黏碟子、不黏牙齒，所以李文忠的快婿張佩綸給這道菜起名「三不黏」。同時同和居的混糖大饅頭半斤一個，也很有名，中午一出屜，真有住在南北城的人趕來買大饅頭的。

另外，同和居後院有一排精緻的小樓，每間雅座都可以遠眺阜成門大街。早年，東華門、西華門三里左近，都不准建造樓房，以免俯瞰內廷。同和居後樓，恰巧剛在範圍之外，逢到慈禧皇太后駕幸頤和園避暑，鳳輦都要經過阜成門大街西去，小樓一角，看個正著。只要西太后西山避暑，同和居樓上雅座必定是預訂一空，談起來也算一段小掌故呢。

前門外大柵欄有一家叫厚德福的河南館子，門口是兩扇廣亮黑漆大門，一點兒也不起眼的小招牌，掛在大門裡頭，到了晚上，門口只有一盞鬼火似的電燈，烏漆麻黑。

初到北平的人，逢到有人請在厚德福吃晚飯，時常在大柵欄走上兩、三個來回，也沒找著厚德福，因為他家的招牌太小不起眼，外搭著飯館子門口，實在看不出是個飯館子來。

據說從前厚德福是個鴉片煙館，後來一禁煙，仍舊用原名改成了飯館。開大煙館自然不需要明燈招展，可是改成飯館之後，老闆迷信風水，認為風水不錯，就一仍舊慣了，所以儘管門裡燈火通明、鍋勺亂響，可是門口一燈搖曳，怎麼看也不像個飯館子。

河南菜最有名的是吃鯉魚，厚德福的「糖醋瓦塊」的確比別家做得出色。筆者在開封、鄭州都吃過這個菜，不是略帶土腥味，就是肉嫌老，實在吃不出妙在哪裡。

據說黃河鯉講究當場摔殺下鍋，但是黃河水泥土味重，網上來的魚一定要在清水裡養個三兩天，把土腥味吐淨，然後再殺才能好吃。同時鯉魚是逆流而上的，所以魚肉雖然活厚，可是筋也特別堅韌，非得好手名庖，懂得抽筋的，先把大筋抽掉，肉才鮮嫩好吃，厚德福的糖醋瓦塊與眾不同就在此處。如果帶句話要寬汁，他一定附帶一盤先煮後煎的細麵條，拿滷汁拌麵非常爽口開胃，比起此地「西湖醋魚拌麵」，可以說滋味大有不同。

厚德福還有一絕「鐵鍋蛋」，端上來的時候一邊冒著輕煙，一邊還吱吱叫，「熱香嫩」三字可以說兼而有之。比別家用銅鍋烤出來的，似乎不大一樣。

北平的雲南館子，只有中央公園的長美軒獨一份。大家不要認為遊樂場所的飯館子都是菜不好，而且亂敲竹槓的，長美軒就是例外。他家做菜所用的火腿，是真正從雲南來的大雲腿，一味「雲腿紅燒羊肚菌」，一味「奶油菜花雞蓯菌」，除了昆明之外，恐怕只有長美軒才能嘗到這樣真正滇菜精華了。可惜七七事變，抗戰軍興，這個館子也跟著關門了。

民國二十年前後，北平又開了三家比較新派的山東館，是泰豐樓、新豐樓、豐澤園，同行管它們叫「登萊三英」。泰豐樓有個菜叫「鴛鴦羹」，這個菜最小要用中海碗盛，一邊是火腿雞蓉，一邊是豆泥菠菜，中間用紫銅片搽上油，彎成太極圖形隔好，上桌時再將銅片抽去。因為油的關係，兩不相混，一邊粉紅，一邊翠綠，不但好看而且好吃。

另外一道湯叫「茉莉竹蓀」，竹蓀湯以前在大陸本不稀奇，可是他家竹蓀湯有花香而無熟湯子味，宋明軒主冀察政務委員會時期，極愛喝他家的茉莉竹蓀湯，所以在二十九軍駐紮平津一帶時期，茉莉竹蓀湯算是當時一道時髦菜，還很出過一陣鋒頭呢！

新豐樓的拿手菜是「鍋塌比目魚」，本來鍋塌一類的菜是山東館的拿手活，可是新豐樓的鍋塌比目魚顯得特別好吃。後來廊房頭條擷英西餐館，有個「鐵扒比目魚」也很出名。他是把比目魚架在鐵架子上，用大瓷盤托到客人面前自取，其實說穿了，就是脫胎新豐樓的比目魚，換個上菜方式而已。

豐澤園開在煤市街，在「三英」中屬於後起之秀，他家的「糟蒸鴨肝」，不但美食而且美器。盛菜的大瓷盤，不是白地青花，就是仿乾隆五彩，盤上罩著一隻擦得雪亮光銀蓋子。菜一上桌，一掀蓋子，鴨肝都是對切矗立，排列得整整齊齊，往大裡說像曲阜孔廟的碑林，往小裡說像一匣雞血壽山石的印章。這個菜的妙處：第一是毫無腥氣；第二是蒸的火工恰到好處，不老不嫩，而且材料選得精，不會有沙肝混在裡頭。至於後來一般王孫公子到豐澤園吃每人每次四十塊、六十塊的白抹刀的大碎燴，等於替櫃上出清存貨，那就不足為訓了。

小飯館

最後再談第三種專賣小吃、不辦酒席的小飯館跟二葷鋪。在科舉時代，每逢大比之年，赴京應科考的舉子、一般有錢的公子哥兒大半都是帶足了盤川的。南方舉子對於純粹北方口味，有很多沒出過遠門的人一時是沒法子適應的，於是帶一點江浙口味的，像禎元館、致美齋這類小飯館就應運而生了。

致美齋最拿手的菜是「醬爪尖」。據先師閻蔭桐夫子說，蘇州狀元陸鳳石（潤庠）來京會試，忽然有一天想吃腳爪飯，於是教給致美齋灶上做，但是怎麼做也不對勁。後來陸鳳石點了狀元，大家都知道狀元愛吃他家醬爪尖兒，傳嚷開後，醬爪尖反倒成了致美齋的名菜了。

北方館子可以說都不會做魚翅，所以也就沒有什麼人愛吃魚翅。但是南方人可就不同了，講究吃的主兒十有八九愛吃翅子，禎元館為迎合顧客心理，請了一位南方大師傅擅長燒魚翅。不久，禎元館的「紅燒翅根」，物美價廉，就大行其道，每天只做五十碗，賣完為止。他家紅燒翅根，爛而入味，比起酒席上怒髮衝冠的魚翅自然不可同日而語。

東安市場有一家館子叫潤明樓，雖然樓上樓下也有幾十號雅座，可是仍然只能列入小館之流。整桌的菜他家也能做，可是總覺得有點婢學夫人，小家子氣、氣魄不夠。但以「雞絲拉皮」來說，東興樓的拉皮已經算不錯了，可是比起潤明樓的拉皮來，就分出好壞了。先說他家所用的粉皮，是自家動手來做，不像別家到粉房去買現成的。如果您點個雞絲拉皮，關照堂倌一聲要削薄剁窄，您瞧吧，端上真正晶瑩透明、渾然如玉，吃到嘴裡滑溜之中還帶著有點勁道。大陸各省的吃食，臺灣現在大概都會做齊了，可是直到如今，還沒吃過一份像樣的拉皮。

臺灣各大縣市都有餡餅粥，可是跟北平的餡餅粥完全兩碼事。北平的餡餅粥是清真教門館，只賣牛羊肉。在煤市街，路東有一家，路西有一家，但都是一個東家，叫做「一東兩做」。生意採二十四小時輪班制，東櫃上門板休息，西櫃下門板營業，更番輪替，什麼時候都讓您吃得著餡餅粥。

既然叫餡餅粥，自然以餡餅最拿手。他家有一種牛肉做的大餡餅，又叫「肉餅」，餡多油重，最受賣力氣老哥兒們的歡迎，油水足，又解饞。如果帶話要滿鑲的肉餅，那就比平常肉餅老尺加二，再大飯量的壯漢，兩個人也吃不完一個大肉餅。

已故臺灣省農林廳廳長金陽鎬在北通州潞河中學念書時期，有一次，潞河足球校隊到北平東單練兵場跟英國大兵踢足球，踢了個九比零大獲全勝。教練佟錦標一高興，請大家到餡餅粥吃滿鐺餡餅，兩人吃了一個半，那算是吃餡餅最高的紀錄了。

煤市街還有一家小館叫天承居，您要是想喝點保定府的「乾酢兒」（土製黃酒），那您就上天承居去喝。他家的乾酢兒永遠沒斷過莊，隨時供應，從沒缺過貨。大家到天承居，主要的是吃「炸三角」，北平都一處也賣炸三角，那跟天承居比，可就差得遠了。

天承居炸三角不但肉選得好，肥瘦適中，吃到嘴裡沒有木木渣渣的感覺，就是做滷用的肉皮也非常考究，全是從肉上現起下來的。到了韭黃季買賣一忙，還要專用兩個小利巴（小夥計）扦豬毛，所以他家炸三角所用的滷肉和滷都高人一籌。同時包三角也有點特別手法，炸起來沒有裂嘴兒的三角，既不裂嘴，也不漏湯，油鍋裡不漏湯，炸出來的三角，自然個頂個的一律金黃顏色，絕沒焦黑起泡的情形。

從前有位南方老客，自命老北平，有一天吹來吹去，把一位北平老鄉實在吹煩了，心裡一冒壞，三說兩說，哥倆出南城下小館到天承居吃炸三角。等炸三角一上桌，南方老客吭哧一口，一股熱滷直濺鼻孔，長袍油了，舌頭燙得也起泡了，心知吹牛過分，讓人陰了一下，啞巴吃黃連，有苦說不出，從此再也不敢胡吹亂嗙了。

都一處的炸三角雖然比不上天承居，可是他家的「疙瘩湯」也算一絕。大家都管他家的疙瘩湯叫「滿天星」，疙瘩只比米粒大一點，不黏不坨，顆粒分明。有的南方人吃麵食，最初只會做疙瘩湯，又叫麵疙瘩，用湯匙一挖一團下鍋，吃得人人皺眉，真是食不下嚥，等嘗到都一處的滿天星後，才發覺敢情北平的疙瘩湯，是早香瓜——另一個味呢。

正陽門大街路西有一家小館叫一條龍，既沒有什麼拿手好菜，也沒有什麼出色的蒸食，可是買賣老那麼興旺。因為當年乾隆皇帝微服出宮，曾經在這個小飯鋪歇過腿兒。為廣招徠，於是把皇帝老倌走過的路，用土墊高起來，愣管它叫御路，凡是來到北平逛逛的人，都要去瞧瞧，因此出了名，生意鼎盛。

要說吃，他家只有「褡褳火燒」做得不錯。他的特色是餡兒花色預備得齊全，您要吃什麼餡有什麼餡，現拌餡現包現做，大冰盤裡堆有一尺多高的餡子材料，除了肉餡之外，海參、皮蛋、海米、木耳、胡蘿蔔、韭黃、白菜、菠菜、粉絲，鵝黃翠綠，排列得整整齊齊，非常惹眼好看。同時他家的褡褳火燒包得非常小巧精細，比起此地單擺浮擱的春捲還要大一號，褡褳火燒似乎中看多了。

北平還有一家小館子叫穆家寨，掌櫃兼掌廚的穆大嫂，人都管她叫穆桂英，這位穆桂英是聞名不如見面的一個黑粗矮胖的中年婦人。教門館只賣牛羊肉，他家「炒貓耳朵」最出名，炒貓耳朵要輕油大火勤翻勺，炒得透，那就要靠臂力、腕力了。穆大嫂一過五十，就不大親自下廚了，可是碰到老主顧點將，她偶或仍舊表演一番。

東四牌樓隆福寺街有一家小飯館，一進門靠東牆就是一排大灶，它的名字叫灶溫，大家叫白了都叫它遭瘟。

它叫灶溫是有原由的，剛開張的時候，本來是一家茶館，可是茶客有時自帶青菜、魚肉、蒸食、麵條，他家也可以代炒、代蒸、代煮，借他的灶火，溫您的吃食，所以叫灶溫。據說這個館子明朝崇禎年間就有了，民國初年開徵營業稅，財稅機關因為查鋪底才查出來。要是真的話，那比廣和居還要老，大概得算全北平最老的飯館了。傳言他家最初就只是給茶客炸醬煮麵條，所以要吃炸醬麵，他家的肉丁或「肉末乾炸」是最拿手的。

灶溫對面有一家羊肉床子叫白魁，一立夏就開始賣燒羊肉了。跟灶溫借個中碗，到白魁切點羊排叉或是羊腱子，寬湯加點鮮花椒蕊，再來上麵條或是雜麵，到灶溫一下鍋，那真是要多美有多美。

後來，民國十八、九年，北平在山西派勢力之下，很時興了一陣女招待，大名鼎鼎的小金魚，就是在灶溫哄起來的。女招待鬧哄了兩、三年，灶溫老闆一看情形不妙，於是又停用女招待，恢復本來的面目，仍舊以「帶肉餡的鍋塌豆腐」、「燴白肉丁加糟」、「小碗乾炸」多搭一扣的炸醬麵來號召了。

北平大大小小飯館還有若干沒有寫出來的，以上不過是舉其犖犖大者，讓沒有到過北平的人領略一下當年故都風貌。

再談吃在北平

前些時在《聯副》寫了一篇〈吃在北平〉，承蒙梁實秋先生以「子佳」筆名指教，同時新知舊識紛紛來信說北平的飯館還有許多可寫的，你都沒寫，所以（再寫這篇補遺）把北平幾個名教門館再談談。

現在正是吃炰烤羊肉季節，我們就先說東來順吧。

東來順掌櫃的姓丁，起先是推車子下街賣鐺炰羊肉的，後來因為手藝好，分量給得足，小買賣越做越興旺，可就改在東安市場裡擺個攤子了。手底下既乾淨，人又隨和，再加上羊肉筋頭碼頭全部剔掉，所以顧客如雲，生意鼎盛，到了中晚飯口上，大家要排隊才能挨得上座兒，而且一個人也實在忙不過來，於是跟牛街姓趙的開起東來順來了。由二層樓擴充到四層樓，連屋頂都賣座，這純粹是人家丁老闆苦心孤詣慘澹經營的成果。

東來順是個不忘本的鋪眼，儘管買賣升發了，可是對著吉祥茶園後灶的火房子，仍舊砌了兩排磚桌石凳，凡是貧苦大眾到那兒吃羊肉餃子、牛肉大蔥、羊肉白菜，油足肉多，一律四分錢十個。特號食量的人，四十個餃子，再來一碗羊雜湯也盡夠了。您要是在樓上吃，雖然餃子的肉是上肉做餡，可是那就要賣您四毛錢十個了。人家默默行善，恤老憐貧，所以買賣越做越大越發旺。

東來順生意發達了之後，先在南郊、西郊各買了幾十畝地，開闢園子種菜。凡櫃上用的蔬菜，全是自家園出產，既地道，成本當然更低。跟著又開了一個醬園子，所以同樣一個菜，跟別的飯館開同樣價碼，可是東來順就比別家利潤厚得多了。

東來順最拿手的菜是「羊油豆嘴炒麻豆腐」，雖然是一道極普通的家常粗菜，可是他們家羊油跟豬油一樣，分老油、中油、嫩油，煉出來用瓷罎子盛起來，隨時拿出來用。據說羊油越煉越沒羶味，同時麻豆腐自己磨，發酵程度正合適，酸中帶點甜頭，所以這道菜在東來順可以說旱香瓜——另一個味。

「炸假羊尾」也是東來順的拿手菜。把蛋白打得起泡，裹上細豆沙，薄薄滾上一層飛羅麵，炸起來真像炸羊尾，這是一道比較別致的甜菜。據說這道菜最受熱河都統馬福祥將軍的激賞，每次到北平公幹，一定要上東來順吃一回炸羊尾，因為馬都統對炸羊尾是每飯不忘的。

「他似蜜」也是回教館的名菜。北平有十來個大小回教館，可是誰家做的也沒有東來順做的入口滑潤。他似大概是回語翻成漢字的，說穿了就是「滑溜羊里肌絲」。高雄有個北平館子，特別在報上登廣告，拿手菜有他似蜜，不知道味道怎麼樣。

東來順少掌櫃的丁永祥，雖然上了兩年商業學校，可是因為櫃上買賣忙不過來，也就棄學從商了。飯口已過，他一得空就往東安市場南花園曹小鳳開的德昌茶樓遛達，到得早來個《鎖五龍》，到得晚人家唱《法門寺》，他給配個劉彪。久而久之，可就迷上票房啦。丁老掌櫃的一瞧不對，就派他在三樓看座，不准下樓，可是丁永祥真有一手，就在三樓練嗓子，一會兒來一嗓子「看座呀」，一會兒大喊一聲「小費多少謝啦」，把嗓子練得又高又亮。協和醫院藥房名淨票張稔年、戲曲學校費玉策的父親費簡侯，都是東來順的常主顧，跟丁永祥都算莫逆之交，他們一到東來順就往三樓上跑，一聊天、一吊嗓子就兩、三個鐘頭。

後來丁永祥拜蔣少奎為師，對戲就迷得更厲害了。有一年冬天，老掌櫃的上天津隨份子去了，丁少掌櫃的一看，這可是好機會，於是會同張稔年、費簡侯具名出知單，把六九城的淨行，可以說全請到了。恰巧當天筆者也在東來順吃涮鍋子，丁永祥把知單拿出來顯擺顯擺；計有裘桂仙、董俊峰、郝壽臣、侯喜瑞、于雲鵬、蔣少奎、王連浦、駱連祥、李壽山、范福泰、范寶庭，連淨行票友秦琡庵算起來一共有二、三十位，真可以算是淨行伶票大聯歡，據說當時這一撥人光是牛羊肉片就切了三百多盤。後來丑行有人發起，也打算來一次大聯歡，可就辦不成了。這件事丁永祥一提來就眉飛色舞，認為是東來順創業以來最露臉的事呢。

談完東來順該說說西來順了，西來順坐落在西長安街，在宣南春對面（**後改中央理髮館**），原來是華園澡堂子鋪底，由清真教名廚師褚祥，跟回教富商穆子淵倒過來開的，開張正趕上臘月，門口左右兩邊，掛著紅字白底「烤涮」兩個磨盤般大字，周圍綴滿了小電燈，既豁亮又醒眼。一進門是長條院子，正房跟兩邊東西廂房都隔成雅座，高大的鉛鐵罩棚底下擺了一排烤肉支子，只要是飯口，您打從西來順門口一過，一股子烤肉香味，由不得您就要往裡邁腿進去解解饞。

西來順的菜碼，要比東來順高一成到兩成，可是菜也就細緻多了。西來順能辦清真翅席，可是用東來順整桌席面的，那還是很少見呢。

北平人原先吃烤鴨講究上便宜坊、全聚德，後來會吃的主兒要吃烤鴨，都奔西來順了。吃烤鴨最主要是鴨皮酥而脆，鴨肉嫩而醲。便宜坊、全聚德食古不化，墨守成法，遇上下雨、下雪天，您去吃烤鴨吧，鴨子烤得片好上桌，照樣皮軟肉柴，有嚼不動、咬不斷的感覺。因為宰好的填鴨，必定得先掛起來風乾，等水氣散去，拿下用鼓氣針扎在鴨子皮裡吹氣，讓皮肉分離，再掛起來過氣，等吃的時候再上爐現烤，才能好吃。可是遇上陰天下雨，空氣濕度太高，您不管怎麼樣風乾過風，因為脫水不夠，烤出來的鴨子總是皮皮啦啦不酥脆。褚祥對於烹調一道非常肯動腦筋，又加上西來順原先華園堂子燒大池的爐灶沒拆，於是他拆拆改改，變成了一間小型乾燥室。西來順的烤鴨，除了先過風之外，不論晴雨，都另外加一道乾燥過程，所以他家的烤鴨不論晴雨，都皮脆肉嫩，反倒後來居上，真正的鴨子樓反倒趕不上人家了。

西來順的「雞肉餛飩」也算一絕，不過知道的主兒不太多。餛飩的好壞，餡子、皮兒各佔一半。雞肉一定要選活肉做出來的餡子才能滑潤適口，皮兒一定要用擀麵杖擀出來的，切麵鋪的皮太薄，可是也不能太厚。徽州的鴨肉餛飩，雖然味道也不錯，可惜皮兒厚了點兒，未免減色。所以包餛飩的皮兒，一定要用手擀得厚薄適度，包出來的餛飩，才能稱為上選。

勝利之後，馬連良多福巷寓所是當時達官顯要吃宵夜的最高級處所，其實最著名的點心，也就是「雞肉抄手」跟「攢餡兒燙麵餃兒」。早先西單牌樓西長安街拐角有個會仙居，大家都管它叫小樓，早上賣炒肝攢餡燙麵餃，後來一拓寬馬路，把個會仙居拓沒有了，居然在馬溫如家能吃著攢餡蒸餃，大家都有如睹故人的感覺。

所謂攢餡，主要的材料是雞鴨血、胡蘿蔔絲、老南瓜、乾蝦末等樣，可是蒸出來燙麵餃，愣是別有一番滋味。褚祥每天晚上都到馬連良家料理宵夜，雖然掙錢不多，可是認識了不少顯貴，聽說後來借著這條路線，到了美國洛杉磯開了一個富麗堂皇的教門館，現在已經腰纏百萬在美國做富家翁了。

前門外的教門館，以兩益軒最夠排場，論資格比東、西來順都老。早先梨園行的人都住在南城外，不管哪一工都要注意保護嗓子的。大家都認為吃豬肉最愛生痰，所以不論大教、清真教、梨園行的朋友，都喜歡到教門館吃牛羊肉。兩益軒佔了地利的好處，於是就讓梨園行給捧起來了。兩益軒的「烹蝦段」是最叫座兒的菜，馬連良在梨園界可算是美食專家，只要是對蝦季兒，一到兩益軒定先來個烹蝦段滲酒，跟著再來一個兩個都說不定。

兩益軒還有一個菜，是老牌電影明星「黑牡丹」宣景琳所發現的。宣從上海脫離影界，就去北平養老。有一次跟朋友到兩益軒小酌，跑堂兒給她介紹一個不葷不素的下酒菜，叫「燒鴨絲炒蜇皮」。燒鴨絲要用帶皮的燒鴨切絲，有點燻烤味，海蜇一定要用蜇皮，愛吃香菜的再上一點兒香菜一炒，端上桌來真是色香味俱全，可以說得上是下酒的妙品。不過，這個菜需要恰到好處的火工，蜇皮老嫩都嚼不動，如何才能不瘟不火，那就要看大師傅的手藝了。

顧蘭君有一年到北平去玩，宣景琳請顧蘭君到兩益軒小吃，就來了個燒鴨絲炒蜇皮，顧嘗了之後讚不絕口。後來回到上海，有一天在四馬路大雅樓吃飯，想起這菜，大雅樓又是個北方館，於是要一個燒鴨絲炒蜇皮，等菜端上來一嘗，燒鴨絲沒帶皮，櫃上還特別討好，海蜇皮改用海蜇頭來炒，火候拿不穩，簡直嚼不動。由此可見隨隨便便一個菜，摸不著竅門，貿然逞能去試，都會砸鍋的。

兩益軒還有一個特點，不管生張熟魏，只要您同朋友一入座，他必定來兩個敬菜，不是「酥鯽魚」就是「芝麻醬拌末菜」，要不就是「木樨棗兒」，小碟小盤實惠又得吃。不是說櫃上送的，就是說夥計們的敬意兒，聽到耳朵裡讓主人從心眼兒裡痛快，而且當著朋友也顯得特別有面子，您吃完一算帳還能不多賞幾文小費嗎？

現在臺灣飯館子可好，有理無情愣給您加上一成服務費，吃不吃最後都給您端一盤西瓜或者是幾塊橙子，生熟不管，酸甜不論，反正是捏住脖子要錢，讓人想起從前北平大小飯館跑堂兒的殷勤周到，怎麼不讓人發思古之幽情呢！

北平的甜食

提起吃零食，以南方來說得數蘇州，不但玲瓏細緻，而且種類花樣繁多。以北方來說，那就得數北平啦。我把北平零食分出甜鹹兩部來說，先說甜的吧！

北平甜食種類，可海啦去了。先拿糖葫蘆說吧，南方叫糖球，天津叫糖墩，北平叫糖葫蘆。北平賣糖葫蘆分兩種，一種是提著籃子下街，一邊吆喝，一邊串胡同，懷裡還藏著一個籤筒子，碰上好賭的買主，兩人找個樹蔭或者大宅門的門道，抽回大點，抽一筒或半筒的真假五兒，再不就賭賭牌九。有時一串葫蘆沒賣，能賺個塊兒八毛，碰上手頭不順，也許輸上幾十串葫蘆，有的大方買主哈哈一笑也就算了，要是碰上小氣主兒，就記著數兒慢慢吃吧。

串胡同賣糖葫蘆的，雖然種類沒有攤子上式樣多，可是葫蘆絕對地道。乾鮮果子固然得新鮮，就是蘸葫蘆的糖稀，也絕對是用冰糖現蘸現賣，絕沒陳貨。

擺攤子的糖葫蘆大家都說九龍齋的葫蘆最好，其實您要是問我九龍齋在什麼地方，真正老北平也說不上來。我只知道大柵欄東口外馬路上，每天華燈初上，支著一個大白布棚子，拉上一盞五百燭光大燈泡，攤上正中擺著一座玻璃鏡，上頭漆著「九龍齋」三個大字，那就是九龍齋啦。除了各式各樣糖葫蘆之外，冬天還賣果子乾，夏天改賣酸梅湯。您別瞧不起這個攤，據說，一晚上賣得好所賺的錢，比同仁堂不在以下呢。糖葫蘆如果講究式樣齊全，那九龍齋就比不上東安市場大門正街的隆記了。

東安市場的隆記，攤子正挨著一個買賣鮮花兒的，到了傍晚時候，晚香玉、梔子、茉莉、芭蘭一放香，誰走過都要停下來瞧瞧聞聞香。隆記攤子上的小夥計一聲「葫蘆……剛蘸的呀」，先喊一聲「葫蘆」，要走個三四步才喊出「剛蘸的呀」四個字。這個吆喝，不但是東安市場一絕，甚至於說相聲的高德明、緒德貴還把它編到相聲裡，錄了唱片呢！

隆記的糖葫蘆色彩配得最好看的，是大山裡紅嵌豆沙，豆沙餡上用瓜子仁，貼出梅花、方勝、七星各種不同的花式。要說好吃，去皮的荸薺果，蘸成糖葫蘆可以說甜涼香，兼而有之。再者就是一個沙營葡萄，夾一小塊金糕，紅綠相間，不但好吃而且好看。隆記的糖葫蘆雖然是式樣齊全，要什麼有什麼，可是您要是吃整段山藥蘸的葫蘆，那您得上九龍齋去買，隆記是不賣的。

筆候曾經問過，他們兩家都笑而不答，到底葫蘆裡賣的是什麼藥，直到如今還是個謎，讓人猜不透呢。北平有一句歇後語是「九龍齋的糖葫蘆——別裝山藥啦」，可見大家對九龍齋的山藥糖葫蘆，是多麼捧場呀。

豌豆黃和綠豆黃到臺灣後也沒吃過。北平的豌豆黃分粗細兩種，粗豌豆黃是用砂鍋淋出來的現切現賣，買多少切多少，用獨輪車推著下街賣，架式跟賣切糕的差不了多少。至於細豌豆黃，雖不是什麼稀罕物，可是整個北平也沒有幾份，要說夠水準的還得數東安市場靠慶林春茶莊老杜的手藝高。

老杜的買賣，以賣豌豆黃為主，每塊約四寸見方，分帶山楂糕、不帶山楂糕兩種。當時還沒有電冰箱，他有自備白鐵皮內放天然冰小冰箱一隻，大約擱二三十塊，每天下午三四點鐘擺攤，賣完就收。他的豌豆黃保證新鮮，沒有隔夜貨，豆泥濾得極細，吃到嘴裡絕對沒有沙棱棱的感覺。而且水分用得更是恰到好處，不乾不稀，進嘴酥融。

碰上老杜高興，有時候也做幾塊綠豆黃來賣，綠豆黃做法雖然跟豌豆黃差不多，三伏天一塊一塊，綠茵茵的，冷香四逸，不但瞧著陰涼，夏天吃了還能卻暑解毒。尤其每塊上都嵌上一些棗泥，棗香撲鼻，更覺得特別好吃。在北平賣豌豆黃雖然不算稀奇，可是賣綠豆黃的，在北平老杜就得算頭一份兒了。

北平的蜜餞，跟臺灣可不一樣。北平蜜餞，雖然種類沒有臺灣多，可是山楂紅得像胭脂、海棠黃得如蜜蠟，甭說吃，瞧著都痛快。有一種山果叫溫朴，是北平西山特產，有櫻桃一般大小，那是專門做蜜餞的雋品。到了三九天，天上一飄雪花，您約上三幾位朋友一起下小館，讓夥計先來個溫朴拌白菜心，蜜汁把白菜心染成粉紅顏色，真可以說色香味俱全，絕啦。

北平雖然也有專賣蜜餞的鋪子，可是大半都是果局子代賣。從前有幾位上海古董界大亨到北平去觀光憋寶，回到上海說，北平有三樣是上海比不了的，第一是北平的故宮珍藏，第二是飯館、茶葉鋪、綢緞莊夥計那份殷勤，第三是果局子裡那份排場款式，那真是說得一點兒也不錯。蜜餞在果局子裡，都是放在三尺見方白地藍花大海碗裡，半塊蓋子是榆木紅漆，半塊是厚玻璃板，您要是走親戚看朋友，他有免費奉送的綠釉沙罐，所費不多，還不寒磣。在臺灣一吃宜蘭金棗，不知不覺就想起北平蜜餞溫朴來了。

北平酸梅湯是馳名中外的，就是上海鄭福記以賣酸梅湯出名，他家的招牌上也是寫著北平酸梅湯來號召的。在北平一提酸梅湯，大家就想起信遠齋來了。其實在庚子年鬧義和團之前，北平酸梅湯是屬西四牌樓隆景和最出名。

隆景和是一家乾果海味店，這類鋪子都是山西人經營的，從掌櫃的到學徒全是山西老鄉，所以大家都管他們這類鋪子叫山西屋子。不但貨真價實，而且鋪規最嚴，所交往的都是大宅門、大行號，甚至有大宅子官眷把成千上萬的銀子，存在山西鋪子裡生息，比錢莊票號還可靠。隆景和的酸梅湯，因為不惜工本，所以賣酸梅湯就出了名啦。其實他在門口一碗一碗的賣酸梅湯，每天賣不了多少錢，主要是論罈子往外送。隆景和因為富名在外，所以一鬧拳匪，被流氓地痞搶了個一乾二淨，後來雖然恢復舊業，究竟元氣大傷，買賣大不如前，於是琉璃廠的信遠齋就取而代之啦。

談到信遠齋，只有一間門臉兒，左首門外有堵磨磚影壁牆，中間有個磨磚斗方，寫著「信遠齋記」四個大字，是北平書法家馮恕的手筆。信遠齋就信遠齋吧，幹什麼還加上一個「記」字？誰從他門前走過都覺得這塊斗方有點彆扭，可是誰也不好意思問問。有一回江朝宗跟馮公度在一處飯局碰上，江宇老可就把這個疑問提出來，向馮公度請教啦。馮一邊理著鬍子，一邊笑著說：「一點深文奧意都沒有，只不過在商言商，替信遠齋拉點生意而已。您想琉璃廠整條街除了賣文房四寶，就是古今圖書，要不就是文玩字畫，在這一帶遛達的，都是些文質彬彬的讀書人，偏偏信遠齋開在這個地方，要是不用不通的怪招牌，怎麼能往裡吸引主顧呢？」說到這裡，兩老哈哈一笑，才知道牌匾上用個「記」字，裡頭真還大有文章呢！

信遠齋的酸梅湯唯一特點就是熬得特別濃，熬好了一裝罈子，絕不往裡摻冰水，什麼時候喝，都是醇厚濃郁，講究掛碗，而且冰得極透。您從大太陽底下一進屋，一碗酸梅湯下肚，真是舌冰齒冷，涼入心脾，連喝幾碗好像老喝不夠似的。

筆者好奇，有一次問他們櫃上最高紀錄一人一口氣能喝幾碗，據說一下子喝個十碗八碗不算稀奇。有一年淨票張稔年跟丑票張澤圃打賭來喝酸梅湯，張澤圃喝了十四碗就再也喝不下去了，人家張稔年面不改色一口氣喝了二十六碗，在信遠齋來說算是破天荒的大肚漢了。

果子乾兒也是夏天一種生津卻暑的甜食，差不多水果攤夏天都賣。賣果子乾從來不吆喝，可是手裡有對小銅碗，一手托兩碗，用拇指食指夾起上面的，向下面的敲打，敲得好的能敲出好多清脆的花點來。

果子乾的做法，說起來簡單之極，只是杏乾、桃脯、柿餅三樣泡在一起用溫乎水發開就成啦。可是做法卻各有巧妙不同，既不是液體，可也不能太稠，擱在冰櫃裡一鎮，到吃的時候，在浮頭上再切上兩片細白脆嫩的鮮藕，吃到嘴裡甜香爽脆，真是兩腋生風，誠然是夏天最富詩意的小吃。

北平在春尾夏初白丁香、紫藤花都燦爛盈枝、狂蜂鬧蕊的時候，餑餑鋪的藤蘿餅就上市了。要說好吃，藤蘿餅跟翻毛月餅做法一樣，不過是把棗泥豆沙換成藤蘿花，吃的時候帶點淡淡的花香，平常淨吃棗泥豆沙換換口味似乎滋味一新。還有一種是把藤蘿花摘下來洗乾淨只留花瓣，用白糖、松子、小脂油丁拌勻，用發好的麵粉像千層糕似的一層餡，一層麵，疊起來蒸，蒸好切塊來吃。藤蘿香、松子香糅合到一塊兒，那真是冷香繞舌、滿口甘沁，太好吃了。可惜來臺灣二十多年，從南到北全是各色的九重葛，始終未見過一架藤蘿，不然蒸點藤蘿餅吃，那有多好呀！

根據民俗作家金受申先生的考證，北平各鋪戶門的款式格局，只有中式餑餑鋪是保有元朝風格的。門口所掛的幌子，配有流蘇，飛金朱紅欄杆，櫃臺兩邊山牆，五色繽紛的油漆彩畫，的確古色古香，跟別的買賣家氣氛不同。據說餑餑鋪粗細點心大小八件，早先有一百二、三十種之多。北平人出遠門，給親戚朋友帶點禮物，北平甜點心總是少不了的土產。目前這些甜點心，在臺灣像不像三分樣，大概都能做了，可是有幾樣點心不是做得滿擰就是根本不會做。

先拿薩其馬來說吧！這是一種滿洲點心，麵粉用奶油、白糖揉到一塊搓成細條，切成一分多長過油，再蘸起來撒上瓜子仁、青紅絲，一方一方，再切開來吃。真正的薩其馬有一種馨逸的乳香，蘸不黏牙，拿在手上不散不碎，跟現在臺灣市面上所賣巨型廣式薩其馬，截然不同。只要吃過北平薩其馬的，再吃臺灣出品，沒有不搖頭的。

還有一種叫小炸食，有小饅頭、小排叉、小蚌殼、小花鼓，大概不同形狀的有十來種，都只有拇指大小。據說每種都有不同的說詞，是清朝祭堂子時候的一種克食，後來餑餑鋪也仿照做出來賣。

此外，勒特條臺灣也沒見過，這種點心做來並不難，奶油、麵粉、白糖和好，切成條用牛油來炸，炸透瀝乾，這是從前滿洲人出外行獵吃的點心，可以久存不壞，而且經飽。抗戰之前，北平大餑餑鋪如蘭英齋、毓美齋都有得賣，大陸人來臺後在臺灣生的小孩甭說吃，勒特條這個名詞，就是聽，恐怕也沒聽說過啦。

金風送爽，一立秋，大街上乾果子鋪的糖炒栗子就上市啦！賣糖炒栗子，得把臨時爐灶、大鐵鍋、長煙筒先搬到門口架上安好，等太陽一偏西，就把破蘆席乾劈柴點著，先在鍋裡炒黑鐵砂子，等砂子炒熱，放下栗子，用一種特製大平鏟翻來覆去的炒，不時還往鍋裡澆上幾勺子蜜糖水，等栗子炒熟，便往大鐵絲篩子裡盛，把砂子抖摟回鍋，熱栗子可就拿到櫃臺上用簸籮盛著，蓋上棉挖單，趁熱賣了。熱栗子又香又粉，愈吃愈想吃，時常吃得擋住晚飯。您如果把吃不了的糖炒栗子碾成粉，用鮮奶油拌著吃，那就是名貴西點——奶油栗子麵啦。

北平還有一種點心叫薄脆，有三號碗大小，面上蘸滿了芝麻，中間還點上一個小紅點，酥不太甜，薄薄一片，一碰就碎，所以叫薄脆。賣桂花酥糖挑子上也有的時候賣，可是多半不夠酥脆，要吃好薄脆那您得到西直門外，高亮橋路南一間門面的小鋪去買。凡是清明上墳插柳、郊外踏青，回程經過這家獨門生意的小鋪，差不多都要帶幾塊甜鹹薄脆回家。甜薄脆北平城裡還買得到，摻了花椒鹽的鹹薄脆，除了他家，北平城裡城外是沒第二份的。

從前唱鬚生的言菊朋，吃東西最愛擺譜兒，他說清早喝豆漿，清漿不放糖，拿兩塊椒鹽薄脆泡在漿裡吃，有說不出的美味。筆者一直想嘗試一下，可是在臺灣，到什麼地方去買鹹薄脆呀。

北平一般人家到了過年，拿蜜貢來上供，可是一樁大事。供灶王、供神佛、供祖宗，最少也要三堂。這三堂蜜貢，價錢可相當可觀，所以點心鋪就動腦筋，想出打蜜貢會的辦法來。由點心鋪發起，從二月初一開始，出紅帖請人參加，說明您要多少斤重的多少堂，然後按月上會，一直上到臘月除夕之前，會上滿了，您就有蜜貢啦。據餑餑鋪手藝人說：做蜜貢，雖然離不開油、糖、麵，可是吃到嘴裡，要鬆而且酥，還得不黏牙，可就不簡單了。每個蜜貢條兒上，有過溝，還有一條細紅絲，才能算是蜜貢。

到臺灣二十多年始終沒吃過，去年承夏元瑜兄遠道惠贈一盒蜜貢，條上也有溝，也有紅絲，形狀很像，可是吃到嘴裡，味兒就似是而非了。不過多年沒吃，遠道得此，也慰情聊勝於無啦。

北平的獨特食品

談到鹹的零食小吃，那比甜的種類更多啦，提出幾樣臺灣見不著、吃不到的來說說吧。

灌腸，北平的灌腸是豬腸灌糰粉一類東西，粉糁糁的顏色，切成薄片，放在平底鐺上半烤半烜的一種吃食，蘸著蒜泥鹽水，用竹籤子扎著吃。這種小吃，雖然也有下街賣的，可是多數都是趕廟會來賣，一個挑子，一頭擺作料零碎，一頭是炭火平底鐺，您吃多少他給您切多少來烜。據說他家用的油摻有馬油，所以烜出來的灌腸外焦裡嫩，特別好吃。有的人逛廟會，不為看熱鬧買東西，其目的是專程來吃灌腸的，您要吃上癮，聞到灌腸味，總得趕過去烜一盤解解饞。

豆汁可以說是北平的特產，除了北平，還沒有聽說哪省哪縣有賣豆汁的。愛喝的，說豆汁喝下去，酸中帶甜，其味醰醰，越喝越想喝；不愛喝的說其味酸臭難聞。可是您如果喝上癮，看見豆汁攤子，無論如何也要奔過去喝它兩碗。北平賣豆汁兒的有挑擔子下街的，有趕廟會擺攤子的，只有天橋靠著雲裡飛京腔大戲旁邊奎二的豆汁兒攤，那是一年三百六十天都照常營業的。

他姓奎自然在旗，雲裡飛時常拿奎二打哈哈，他說奎二攤子有三絕：第一，各位主顧只要往攤子邊一坐，您就算是皇上御駕光臨啦。因為天橋一帶都是土地，一起風，塵土飛揚，豆汁兒碗裡等於撒了一把香灰，辣鹹菜裡加上了胡椒麵，您說怎麼喝。所以人家奎二每天擺攤兒之前，先用細黃土把攤子四圍填滿拍平，然後隨時用噴壺灑水，您坐下喝豆汁兒，給您黃土墊道淨水潑街，您不是臨時皇上了嗎？第二，奎二的辣鹹菜那是誰也沒法子比的。大家都說西鼎和醬菜切得細，人家奎二的鹹菜絲兒，比起來更細更長。第三，奎二的豆汁兒酸不澀嘴，濃淡適口，豆汁一起鍋，不管買賣多衝，夠賣不夠賣，絕不摻水。雖然雲裡飛是給朋友宣傳，可是他說的都是實情，一點兒也不假。

從前北平財商學校的校長費起鶴，每到假日就攜兒帶女到天橋奎二攤子上喝豆汁。後來做了財政部賦稅署署長，有一次跟筆者聊天，他說現在什麼都不想，有時忽然想起奎二的豆汁兒，馬上腮幫子發酸，恨不得立刻回趟北平，到他天橋攤子上喝兩碗才過癮，您就知道奎二的豆汁兒有多大魔力了。

現在臺灣除了豆汁兒之外，有一種青醬肉，市面上也沒見過。當年上海富商猶太人哈同的太太羅迦陵，就愛吃北平的青醬肉夾馬蹄熱燒餅。按說哈同家裡還少得了金華火腿、昆明雲腿、雪舫蔣腿這類上好火腿嗎？可是哈同太太偏偏專門愛吃北平的青醬肉，還得是北平東城八面槽寶華齋的。傳說有一年哈同太太在寶華齋一口氣買了五、六百斤青醬肉，交輪船運回上海去，害得寶華齋一年多沒有青醬肉應市。

究竟青醬肉好在哪裡呢？據說青醬肉要一年半才算醃好出缸，絕無油頭氣味，火腿要蒸熟才能吃，青醬肉只要一出缸就可以切片上桌，真是柔曼殷紅，晶瑩凝玉。陳散原先生生前說過，火腿富貴氣太濃，倒是青醬肉清逸浥潤，宜飯宜粥，足證青醬肉是小吃中的雋品了。

羊頭肉這種小吃，也可以說是北平的一樣特產。賣羊頭肉是論季節的，不交立冬，您就是想吃羊頭肉，全北平也沒有賣的。賣羊頭肉多半是背竹筐子來賣，挑擔子擺攤子賣的，就不常見了。到了數九天，晚上八九點鐘，路靜人稀，西北風颼起來，就像小刀子似的剮臉，遠巷深處，您就聽見賣羊頭肉的吆喝了。

賣羊頭肉的，都帶著一盞雪亮燈罩兒的油燈，大概是賣羊頭肉的標幟。雖然賣羊頭肉主要的是羊前臉，還有羊腱子、羊蹄筋，碰巧了有羊口條、羊耳朵甚至於羊眼睛。切肉的刀，又寬又大，晶光耀眼，鋒利之極，運刀如飛，片著切下來的肉片，真是其薄如紙，然後把大牛犄角裡裝的花椒細鹽末，從牛角小洞洞磕出來，撒在肉上。有的時候天太冷，肉上還掛著冰碴兒，蘸著椒鹽吃，真是另有股子冷冽醒腦香味。羊眼睛是吃中間的溏心兒，羊耳朵是吃脆骨，羊蹄筋是吃個筋道勁兒，如果再喝上幾兩燒刀子，從頭到腳都是暖和的，就如同穿了件羊皮襖一樣。

羊頭肉是冬天賣的，燒羊肉恰巧相反，到夏天才上市。無論羊頭肉、燒羊肉一律都是清真教的買賣，唯一長處就是東西收拾得真乾淨。

一提燒羊肉，北平人誰都知道東四隆福寺街白魁的燒羊肉最出名。照說白魁的燒羊肉，確實不錯，他之所以特別出名，是白魁對門有個灶溫，您跟櫃上借個碗，到白魁買一個羊腱子，或者來對羊蹄兒，再跟他多要點燒羊肉湯，拿到灶溫盛他一碗把條（**麵條名稱**），用燒羊肉湯一煮，真是比什麼熗鍋麵都入味好吃。

另外西城粉子胡同西口，有一個叫洪橋王的羊肉床子，他家的燒羊肉，也是西半城大大有名的。每天下午燒羊肉一出鍋，往晶光瓦亮的大銅盤子上一放，連肉帶湯，一搶而光。還聽說他家有一株百年以上的老花椒樹，凡是拿著盆碗去買燒羊肉，只要說：「掌櫃的，多來點兒湯。」人家掌櫃的，另外還奉送帶著葉芽又嫩又綠的鮮花椒一撮撮，煮好麵條撒在麵上，吃起來清美湛香，微帶麻辣，真是暑天的雋品。離開北平任憑您到什麼地方，也吃不著這樣的美味啦。

醬肘子，臺北的同慶樓、陶然亭，高雄的都一處、卿雲居都有得賣，看著也都有個樣兒，可是吃到嘴裡就不太對勁兒了。北平醬肘子最出名要屬西單牌樓的天福。北平所謂醬肘子鋪，全都帶賣生豬肉跟宰現成的雞、鴨，所以又叫豬肉槓。醬肘子鋪後櫃都有燻滷作坊。像天福吧，後院有口萬古常新的陳年滷鍋，每天到了下作料的時候，總得老掌櫃的親自動手，那是鋪眼兒規矩。等混到能在燻爐旁邊插個手、幫個忙，那這個學徒就快熬出來啦。買醬肘子大家都喜歡買肘花兒，那是肉的精華所在，可是到天福買醬肘子，會吃主兒都偏要點兒肥的，等醬肘子切好，立刻跑到對面寶元齋切麵鋪，來上兩個剛出爐的叉子火燒，趁熱把醬肘子夾好一口咬下去，熱油四濺，一不小心能把舌頭燙了、衣服油了。北平有位名花鳥畫家陳半丁，幼年住在上海，最愛吃上海陸稿薦的醬汁肉，自從吃過天福的醬肘子之後，才覺出北平醬肘子厚而不膩，確實比甜膩膩的醬汁肉高明得太多啦。

天福還有一種叫蛤蟆腿的，是把瘦肉核兒中間插上一隻雞腿骨，跟醬肘子一塊下鍋，那可是全瘦，一點兒肥膘不帶，好像民國二十年以後除非主顧指名訂做，否則門市就不賣了。天福還有一樣最好下酒的燻臘叫燻雁翅，是把大排骨加作料用紅麴燻好用手撕著吃來下酒，真是無上妙品。吃不光的燻雁翅，撕成碎絲，加上點乾銀魚綠豆嘴，炒來當粥菜更是一絕。

滷煮炸豆腐，這是最平民化的小吃了，材料又便宜，又容易做。現在臺灣到處都有賣臭乾子的，可是還沒聽說有賣滷煮炸豆腐的呢。北平賣滷煮炸豆腐的，都是晚飯後才出挑子，沿街吆喝著賣。打夜牌的朋友，或者暑夜夢迴的早眠人，來上一碗炸豆腐，既可以解煩渴，又能擋擋饑，的確清淡爽口。名為滷煮，其實就是花椒、鹽水、一碗炸豆腐塊，另帶幾粒豆粉加細粉條炸的素丸子，猛一看黃裡透紅，跟炸小丸子差不多。臺灣所以沒人賣滷煮炸豆腐，可能是沒人會炸豆粉素小丸子吧。

中國各地有好多地方都會做豆腐腦，有甜有鹹，有葷有素，但是所謂葷的，也不過是有點榨菜乾蝦米，就是四川豆花也不過加上了臊子而已。北平有一種肉片打滷的豆腐腦，這種賣豆腐腦的，每天清早多半找個賣燒餅油條攤子旁邊一擺，配合著一塊兒賣。所謂肉片打滷，那真是上好的肥瘦肉先煮好，切成薄片，用肉湯加金針木耳蛋花一勾芡就成了。先盛上豆腐腦，然後來上一勺子滷，就著燒餅一吃的確不賴。有人說做點肉片滷還不容易，您要知道人家手藝就在勾芡上，勾得太稠，喝到嘴裡黏舌頭；勾得太稀，盛個三、兩勺子滷一瀉，那就成了光兒湯了。所以這份挑子也只能擺在路旁賣，沒聽說肉片打滷的豆腐腦挑著鍋滿街晃蕩的，也就是這個道理。

燙麵餃兒，從南到北東西各省差不多都有燙麵餃兒賣，不過有的地方叫蒸餃、小籠、灌腸餃，名稱不同而已。筆者所說的燙麵餃兒，既不是點心店的，更不是飯館子賣的，而是推著四輪車，沿街叫賣的。想當年推車子下街賣燙麵餃兒的，全帶有骰子、寶盒子，拿燙麵餃兒開寶擲骰子賭輸贏，後來因為警察抓得緊，才規規矩矩做買賣啦。

北平有個賣燙麵餃兒的老彭，凡是在東北城住過的人，沒有不知道老彭的。他本來也是沿街叫賣，後來財商專門學校搬到馬大人胡同設校，校門外有一空場子，老彭看準了這一個地方，就天天推車子到那兒賣，專做學校買賣，變成固定攤位了。老彭做買賣很會動腦筋，每天預備幾種不同的餡兒，價錢也有上下，最貴的是豬肉口蘑餡，現在在臺灣，真正口蘑甭說吃，恐怕什麼樣還有人沒見過呢。老彭的燙麵餃兒不但餡兒拌得好，油用得得當，最絕的是餃子擱涼了餃子邊也不會發硬。有一年財政部長孔庸之到北平視察財稅，某位大員請他吃譚家菜，孔說：「我跟財商校長費起鶴約好到學校吃燙麵餃兒，謝謝啦。」後來大家傳來傳去，說譚家菜抵不上老彭的燙麵餃兒，這話後來傳到譚篆卿的耳朵裡，氣得老譚直瞪眼兒。經過這麼一宣傳，此後真有坐汽車來吃老彭燙麵餃兒的，您瞧老彭的號召力有多麼大。

燻魚炸麵筋，背著紅漆櫃子滿街吆喝，可是這樣吃食，十問九沒有。他所賣的大半都是豬頭上找，再不就是豬內臟。賣燻魚的有幫，十來個人就成立一個鍋伙。大鍋滷，大鍋燻，然後背起櫃子各賣各的。江南俞五初到北平，住在南池子瑪噶喇廟裡，廟裡就住了一群鍋伙，就這樣俞振飛不知不覺把賣燻魚的豬肝吃上癮，只要是三五知己小酌，俞五總會帶一包滷豬肝去。賣燻魚的豬肝不知怎麼滷的，一點兒不鹹，還有點兒甜味，下酒固佳，白嘴也不會嫌鹹叫渴。此外賣燻魚的還賣去皮燻雞蛋，也不知道他們是怎麼挑的，每個都比鴿子蛋大不了多少，他們還代賣發麵小火燒，一個火燒夾一個燻雞蛋正合適，小酌之餘，每人來上一、兩個小火燒也就飽啦。

二談北平的獨特食品

北平賣熟食，向來分紅櫃子、白櫃子。因為賣羊頭肉、賣驢肉櫃都是不加漆，所以大家都叫他們白櫃子，以別於賣燻魚的。驢肉也是冬天晚上下街來賣，是下酒的絕妙雋品，尤其是喝燒刀子吃驢肉最夠味。賣驢肉的暗地裡都賣驢腎，可是您叫住賣驢肉的，跟他說掌櫃的，您給我切多少錢的驢腎，準保他回您沒有；如果您跟他說切多少錢的錢兒肉，他立刻從櫃底拿出來切給您。切這種肉有個規矩，一定要斜著切，所以又叫斜切。北平有句俏皮話是「燒酒錢兒肉，越吃越沒夠。」可見錢兒肉也有它廣大的主顧。

炒肝兒，臺北的真北平，從前的南北合都會做，可是吃到嘴裡就覺得不太對勁兒了。北平賣炒肝兒最出名的是鮮魚口裡小橋的會仙居。每天一清早，會仙居的炒肝就勾好一鍋應市了，一鍋賣完明天請早。所謂炒肝其實就是豬小腸、豬肝加蒜末雙燴。您告訴盛炒肝兒的「肥著點」，就是多要點腸子，「瘦著點」就是多盛幾片肝兒。地道北平人喝炒肝既不用筷子，更不用勺兒，都是端著碗，一口一口往下唏嚕。您看哪位動筷子、用勺子，沒錯，準是外地來的。

芝麻醬麵茶也是早上配燒餅果子喝的，原料是秫米一類穀物，熬成糊狀，既不甜也不鹹，一碗盛好，用兩根竹筷子把紫銅鍋裡特製稀釋的芝麻醬蘸起來，以特殊的快手法，把芝麻醬撒滿在麵茶上面，最後撒上一層花椒鹽，冬天拿來就著燒餅喝，因芝麻醬蓋在浮面保溫，所以喝到碗底，還是又熱又香。還有，賣麵茶盛芝麻醬的，一律用紫銅鍋，稍微墊斜了往外蘸著撒。你要問他為什麼都用紫銅鍋墊斜了撒，他總說這是祖師爺的傳授，至於他們祖師爺是何方神聖，他們也都是「莫宰羊」。

水爆肚。在北平沒有真正飯館賣水爆羊肚，更沒有賣水爆牛百葉的。北平賣水爆肚的，都叫爆肚攤兒，全是天方教人，攤頭豎著一方擦得晶光瓦亮，上面刻著回文，另外有四個漢字「清真回回」的銅牌子。不但攤上桌椅板凳潔淨無塵，就是放作料的小碗，也讓人瞧著乾淨痛快。作料都是現吃現調，羊肚兒也是現切水爆，手藝的好壞，就在此一汆；時候稍久，就老得嚼不爛；火候沒到，可又咬不動。所以水爆肚完全吃的是火候，要老嫩適宜，恰到好處才行。北平東安市場潤明樓前空地上爆肚，那是最有名的啦。

北平小市民想喝兩杯，講究到大酒缸去喝，所謂大酒缸也就是小酒館。三九天您要到大酒缸一掀十來斤又厚又重的棉門簾子，就有一種陳年的酒香撲鼻而來，把您的酒癮就勾起來了。在大酒缸喝酒有樣好處，雖然他每天僅僅預備十來樣葷素小菜，可是，您想吃點什麼，他可以給您外叫，最低限度，門口外一個賣鐺炰羊肉、燻魚櫃子、餛飩挑子，那是少不了的。您酒喝好了，十位就有八位叫碗餛飩來喝，任何地方都叫吃餛飩，只有北平大酒缸說來碗餛飩喝。大酒缸門口的餛飩，湯是豬骨頭熬的，皮子是特別擀的，一個餛飩只抹上一點兒肉餡，可是作料除了醬油、醋之外，紫菜、冬菜、蝦米皮、胡椒麵那是樣樣俱全，愛吃辣的加上幾滴紅辣油，唏哩胡嚕喝上一碗。北平土著有句土話叫「溜溜縫兒」，從大酒缸回家，大概家裡的晚飯也用不著找補啦。

每年一立夏，北平什剎海的荷花市場就開始營業了。凡是趕廟會的各行各業也都陸續前來趕場，除了在海邊荷塘搭的水閣席棚，各有固定地盤，賣茶水、賣冰碗兒、涼果外，只有一個馮記蘇造肉，每年只在什剎海荷花市場做一季買賣。造肉攤子上雖然擺著一個小插屏寫著「馮記」，可是認識他的人都叫他「老嘎」。據說老嘎在光緒末年跟御膳房高首領當過蘇拉，學會了做蘇造肉。御膳房有一本《玉食精詮》，各種膳食的做法分門別類，大約有上萬種之多。這本書說俗了，也就是皇家食譜，歷代帝均有增添，所以洋洋大觀，集成二十多本。可惜宣統一出宮，這本書也沒下落了，如果能夠保存到現在，那比現在市面新出的什麼食譜都要名貴呢。

老嘎的蘇造肉，據他自己亂啼，說是乾隆皇帝下江南到蘇州後，跟姑蘇名庖學來的做法，讓御膳房仿做的，不過他老人家不太喜歡菜太甜，所以冰糖的分量減了。做蘇造肉最要緊的是選肉，一定要挑後腿肉偏點瘦的五花三層嫩肉。豬毛只能用鑷子往外揪，不能刮，一刮毛根斷在皮裡，就沒法子鑷了。肉拾掇乾淨後，微炸出油，然後放上作料，文火去燉，大約一個時辰，肉就又酥又入味啦。

老嘎的蘇造肉，每天以十五斤為限，多做他忙不過來。只要荷花市場一開業，他就在什剎海冰心小榭柳樹底下擺上攤子啦，風雨無阻，真有冒雨打著傘到什剎海吃蘇造肉的。等到秋蟬咽露，漸透嫩涼，荷花市場一結束，要吃老嘎的蘇造肉，那要等明年荷花季兒再說吧。

在民國十三、四年，北平忽然時興了一陣子賣天津包子、鑊子肉的。大街小巷都不時聽見吆喝著賣，可也奇怪，老是兩樣一塊兒賣，沒有單賣天津包子的，也沒有專賣罎子肉的，一個擔子前頭是罎子肉，後頭是包子。要說他賣的天津包子，實在不敢恭維，包子是扁的，餡兒也不高明，可是所賣的罎子肉，真有幾份，可以說是呱呱叫。肉是切得四四方方，油光水滑，吃到嘴裡腴潤不膩，還微含糟香。從前北平名劇評家景孤血最喜歡請人在真光電影院對面二合居喝兩盅，先讓二合居在門口賣罎子肉的攤兒上買上一大碗，加兩塊嫩豆腐燉起來，酒是東三合的山東黃，再叫兩個滷菜，用這份加豆腐的罎子肉配家常餅吃喝，既經濟又實惠。清華大學名教授張忠紱給它起了個名叫景家菜，連帶二合居門口賣罎子肉的也出名啦。不過很奇怪，北伐一成功，北平城裡城外再也聽不見賣天津包子、罎子肉的市聲了。究竟是什麼緣故，幾個老北平誰也猜不透是怎麼檔子事兒。

北平就著燒餅吃的油條種類甚多，不像現在臺灣的炸油條，直不棱登尺半長一根。北平油條分長套環（脆麻花兒）、圓套環、糖餅兒、甜糖果子、薄脆、鍋篦兒，種類繁多，甜鹹焦脆，各盡其妙。可是在西四缸瓦市大醬房胡同口外，有一個賣油餅兒的，他獨出心裁，把雞蛋磕在油餅兒裡一齊炸，吃老吃嫩悉憑尊意。每天一清早就有人排著隊買灌蛋油餅兒的，其實這個手藝並不難學，可是灌蛋油餅始終是獨家買賣。這要是在臺灣，灌蛋油餅賺錢，管他做得好不好，你也做我也做，非大家一齊做垮啦才能罷手。

大概世界上盡多逐臭之夫，愛吃臭東西的的確不在少數。歐美人不談，就拿中國各省愛吃腐臭食物的人就很多，廣東、寧波人愛吃臭鹹魚，上海人愛吃炸臭乾子，蕪湖人愛吃鹹臭乾，北平人愛吃臭豆腐。提起臭豆腐，此地也有玻璃罐裝的賣，但跟北平的臭豆腐一比，味道可就完全不一樣了。

北平挑著圓籠下街賣的吃食，大約有二、三十種，可是圓籠之小莫過於賣臭豆腐的圓籠了。您要是到圓籠鋪買小圓籠，鋪子裡人一定問您是不是賣臭豆腐的那種圓籠，可見賣臭豆腐的圓籠是最小號的啦。賣臭豆腐雖然是個小生意，可是從前北平競爭得挺厲害，就如同賣刀剪的王麻子有「真的」，有「正的」，有「真正的」，到底誰真誰假簡直鬧不清楚。後來經過地方士紳品嘗，大家認定宣武門外西草廠鐵門有一家叫王致和的臭豆腐製品是「齒醲成方，著箸不粉，味正而純，貯久不霉」。當時還沒有什麼工會這類組織，經各家同意就由王致和領導，遇事由王致和排難解紛，並請翰林出身的志伯愚將軍寫了一方「臭腐神奇」的匾額，掛在店裡存證，才把賣臭豆腐的糾紛平息。

據前北平戲曲學校校長李永福說，有一天他陪高陽、李石老經過鐵門，看見王致和「臭腐神奇」匾額是父執志將軍的墨寶，於是進去買了小罐回去品嘗，哪知從此李永福成了李石老買臭豆腐專使，每月總要買個三、兩次。石老茹素多年，但不忌蔥蒜。他說暑天煩渴，胃口不開，如果來碗芝麻醬拌麵，不用三合油而用王致和豆腐滷就著大蒜瓣一吃，在他看，可算無上珍品。將來有機會回到北平，一定要打聽王致和無恙否，如果還存在，一定要痛痛快快吃一頓臭豆腐芝麻醬拌麵。言猶在耳，可是石老墓木已拱，不禁令人起了無限哀思。

從前北平人如果家裡臨時來了客人，要留人家吃飯，自己做措手不及，那有辦法，到胡同口外豬肉鋪叫個盒子，切麵鋪烙幾張薄餅，問題就全解決啦。抗戰之前，最便宜的盒子菜僅八毛錢，最貴的盒子菜也不過兩塊錢，反正價錢越高，切的東西越好越細，式樣也越多。一個盒子最少是七樣，最多是十五樣，樣式越多盒子越大，樣式越少盒子就小啦。因為盒子大不好拿，都是讓鋪子裡的小利巴（即學徒）往家裡送。從前平劇裡有齣花旦跟小丑的玩笑劇叫送盒子，非常逗趣，引人發笑，可惜其中有幾句雙關語，被列為禁演戲。在臺灣戲劇名家不少，筆者這麼一提，大概都想起了這齣戲吧。

故都的早點

現在大家一說吃早點，不管是本省同胞，或者是從大陸來臺的年輕朋友們，都異口同聲說：北平的早點，還不就是燒餅油條豆漿而已。其實細講起來，北平人早晨的燒餅油條，根本不跟豆漿一塊吃。真正北平人，管油條叫果子，壓根就不叫油條。清早起來到豆腐房來碗清漿，再來塊豆腐，或者撕塊餅就著吃，那是天津衛老哥們的吃法，什麼甜漿、鹹漿，滿沒聽提。至於後來甜漿打個蛋，鹹漿加辣油，外帶冬菜蝦米皮，最後還加上點肉鬆，那大概是南方吃法，當初北平還不時興這樣吃法呢。

說到早點的燒餅，分為馬蹄、驢蹄、吊爐、發麵小火燒四種。馬蹄約莫有馬的蹄子大小，面上黏著芝蔴，麵少而薄，夾上脆果子吃。北平的油條，是兩股一擰，炸成長圓形，跟現在臺灣擎天一柱的油條，完全兩樣。驢蹄比馬蹄略微小點，可是厚多了，面上除了芝麻，還要抹一道甜漿。因為厚瓤，什麼也不能夾，要就著糖皮兒、鍋鼻兒，或者是甜果子一塊兒吃。鍋鼻兒四四方方，五寸見方，薄而且脆。糖皮兒是圓而微帶甜味的油餅。至於甜果子，好像油炸的豆腐泡兒，四個連在一塊，不但臺灣沒見過有人炸，就是勝利後的北平，這份手藝也不多見了。

吊爐燒餅是要夾肉，或是夾菜吃的。北平有一種青醬肉，似火腿而非火腿，北平的盒子鋪（北平專賣醬滷燒燻魚肉類的鋪子）都有得賣，最出名的是八面槽（地名）寶華齋青醬肉，用來夾吊爐吃，那比此地飯館的火腿麵包要爽口多了。到了夏季用黃豆芽炒點雪裡紅夾吊爐當早點，也是茹素人的珍品。至於發麵火燒，要夾小套環吃，又酥又脆。不過在北平東北城粥鋪附近，街頭巷尾一清早隨處可見賣小火燒小套環的。可是一到西南城，想找這種吃食，就不容易了，您說怪不怪。

北平人吃燒餅果子，要喝點稀的，主要是喝粳米粥。賣這種粥的有粥鋪，也有挑著粥鍋下街的。這種粥，彷彿跟廣東的煲粥近似，雖然粥裡的米粒，粒粒分明，可是都接近溶化程度。據說粳米粥，必定要用馬糞當燃料，煮出的粥有一股子燻燎子味，可是喜愛喝粳米粥的主兒，就愛的是那股味兒呢。

粥鋪從前還賣一種叫甜醬粥，價錢比粳米粥貴，北平人生活儉樸，到了民國二十幾年，甜醬粥就成了歷史名詞，想喝也沒處喝了。

還有一種配燒餅果子吃的叫麵茶，也是挑擔子下街。麵茶大概是秫米一類熬成糊狀，既不甜也不鹹。一碗盛好，用兩根筷子，把他特製的芝麻醬，以特殊手法撒在面上，最後撒花椒鹽，冬天拿來就燒餅，吃到碗底，都是又香又熱。想吃點兒甜的，那就喝杏仁茶。北平的杏仁兒茶也是挑著挑子沿街叫賣的，是用米、苦杏仁加糖熬成，雖然杏仁兒不多，因為放的是苦杏仁，所以味兒特別濃，清早熱呼呼的喝一碗，非常開胃。

還有牛骨髓麵茶，雖然跟杏仁兒茶差不多，可是全都是擺攤營業，而且是清一色教門朋友的買賣。要想吃點鹹的，下街的有肉片打滷的豆腐腦，肉片煮得是恰到好處。肉片要肥的有肥的，要瘦的有瘦的，不鹹不淡，買兩個椒鹽花捲配著吃，那真是美極了。

此外住在前門外的人，講究早點到肉市小橋喝碗炒肝。名為炒肝，實際是豬肝小腸雙燴。人家炒肝賣了百十多年，永遠是賣一清早，每天勾一鍋，擺在門口賣，賣完就明天請早。這種早點，只有道地北平人才知道到哪兒去吃，外來的朋友，想吃恐怕還摸不到地方呢。

還有，西單聚仙居血餡蒸餃也是早點一絕，餡兒是胡蘿蔔、香菜、雞鴨血，外加雞蛋、蝦米。在北京也只此一家，並無分號。聽說後來因為開馬路，把賣醬肘子最出名的天福和聚仙居全拆了，今後回北平想吃血餡蒸餃也辦不到了。海天北望，不禁口涎欲下，有些北平生的娃娃，生下來就來臺灣，腦子裡就知道北平早點只有燒餅油條豆腐漿，所以寫點出來讓小朋友們知道知道，其實北平的早點種類還多著呢。

故都的奶品小吃

談起北平的奶酪，現在四十歲出頭的人，還得是北平生長的，或許能夠知道北平的奶酪是什麼滋味，是個什麼樣。要是四十歲往裡的青年人，就是在北平出世的，對奶酪恐怕就一點印象都沒有，甚至於沒聽人提過了。

北平的奶酪，那是滿洲人日常吃的一種冷飲小甜食。做酪所用原料，主要是不摻水的純牛奶，再加上適量的酒釀和糖，一碗一碗的用炭火來烤，到了某種程度，再用冰來凝結。真是瑩潤如脂，入口甘沁，不但冷香繞舌，而且融澈心脾，飯後喝上一碗，真能化食解膩，更是醒酒的無上妙品。

民國初年，北平城裡城外，一共算起來奶酪鋪也不過十來家，早年西華門裡的香蕾軒、甘石橋的二合義、西長安街的二合軒都是最負盛名的奶酪鋪，後來因為前門外大柵欄一帶，一天比一天繁華，戲園飯館越開越多，於是門框胡同也開了一家奶酪鋪。到了民國十來年，王府井大街因為靠近東交民巷，華洋雜處，東安市場形成了東北城的購物中心，跟著東安市場裡正街也開了一家叫豐盛公的。因為這家掌櫃的頭腦比較新穎，請來一位師傅，是從前在清朝內廷專門供應奶品小吃的能手，經過導遊人員這麼向各國遊客猛一吹噓，所以豐盛公奶酪確實出過一陣鋒頭呢。

酪鋪的奶酪，若是當天賣不完，絕對不能留到第二天再賣，因為彼時沒有冷凍櫃，奶酪要是隔夜，不但酪瀉了，而且味兒也餿了。因此當天賣不完的酪，當天晚上就要把它烤煉成酪乾來賣，烤出來的酪乾形狀顏色，就像核桃黏，論斤論兩來賣。酪乾因為是濃縮的奶酪，既壓秤又不出數，看起來價錢相當貴，一個鋪子一天也出不了一、兩斤酪乾。有專買酪乾的主顧，大半都是讓酪鋪裝行匣帶到外地去送親戚朋友，要是自己買回去當零食吃，頂多也不過買上三、四兩，否則吃不了擱上一個禮拜，大概就全融化了。一般酪鋪的酪乾不是不經擱嗎？可是人家豐盛公真有一手，他家烤出的酪乾，愣是帶到南京、上海擱上個把月，一點兒問題都沒有，絕對不黏不化。

在北洋政府時期，駐在北平東交民巷的西班牙公使葛得利夫人，就最欣賞豐盛公的酪乾，她說吃麵包配酪乾，比荷蘭任何高貴的起士都夠味。後來公使卸任回國，公使夫人每年總要讓豐盛公寄幾斤酪乾到西班牙去過耶誕節。據她說，中國酪乾是最高級不黏牙的中國太妃糖，真是形容得一點也不錯。

豐盛公除了賣奶酪之外，還賣奶捲、奶餑餑。奶捲是用牛奶結成皮子，捲上山楂糕，或是黑白芝麻白糖餡兒。一邊捲山楂糕一邊捲芝麻餡叫做鴦鴛餡，您聽這個名兒多雅致。雪白的小瓷盤放上三寸來長，外白裡紅，腴潤如脂的奶捲，甭說吃，看著就令人饞涎欲滴了。奶餑餑有芝麻白糖餡兒，也有棗泥餡兒的，因為這是精細小吃，豆沙餡兒就上不了臺盤了。奶餑餑是用稍厚點奶皮子放在模子裡，包上餡再搕出來，有方有圓，有梅花點子，有同心方勝，您要是到奶酪鋪去喝酪，只要夥計把奶捲、奶餑餑往上一端，沒有人不想拈兩塊來嘗嘗的。

另外還有一種奶油小吃，滿洲話叫「奶烏他」，那更是滿洲最上品的甜食了。奶烏他每塊有象棋子一樣大小，分乳黃、水紅、淺碧三色，用小銀叉叉起來往嘴裡一送，上膛跟舌頭一擠，就化成一股濃馥乳香的漿液了，所用的原料，大概也不外乎牛奶、奶油一類的東西。

我想凡是從大陸來的老鄉，而且在北平住過的人，一提起北平點心來，大概都有一種說不出的滋味，好像一種淡淡的鄉思。可是細一琢磨，又不盡然。因為現在的臺灣，雖然大陸各省各縣吃的喝的樣樣俱全，可是您雪糕、冰淇淋吃膩了，想喝碗奶酪，吃塊奶餑餑，那真可以說戛戛乎其難了。

前個十幾年臺北中華路有一家冰飲店，曾經賣了兩天奶酪，喝到嘴裡似乎是酪而近乎杏仁豆腐，跟酪又似是而非。有一年端午節，高雄大水溝都一處的老闆，忽然心血來潮，做了幾碗酪，準備自己享受一番，碰巧筆者去吃餡餅，承他盛情，送了兩碗讓我品嘗。比起中華路的酪確乎高明，來到臺灣二十多年，總算吃過奶酪了。

燕京梨園知味錄

故都梨園行，講究排場，而精於飲饌者，首推溫如馬連良。馬天方教人，坐科富連成，頭腦新穎，便捷善辯。渠最愛吃前門外教門館兩益軒之炸烹蝦段，每屆對蝦盛產，必邀朋同往，大嚼一頓。叫此菜時，必特別關照，用八寸盤盛，吃罄一盤，再來一盤，有時連續吃三四盤，但必須分盤分炒。蓋此菜秘訣在快炸透烹，如果十對八對大蝦一鍋炒，則蝦肉老嫩不一而不入味，試之果然。

抗戰勝利後，馬因華北偽政權時期，曾組團赴偽滿長春參加某項慶典，乃被列名漢奸，馬除暗中找門路，託人說項外，表面則謝絕一切演唱，閉門思過。另一方面，將西來順頭灶滿巴，延為特約廚師，每晚櫃上熄火，即去多福巷馬家承應，準備宵夜。勝利之初，天上飛來者，地下鑽出者，真真假假之各路英雄，無不以一嘗馬家雞肉水餃、鵝油方譜、炸假羊尾為無上口福。當時之馬大舌頭，堪稱故都梨園行美食專家矣。

姜妙香名紋，行六，因其為人方正，同行叫他姜聖人。姜出身百順胡同雲龢堂，該堂素以烹調精美膾炙人口，姜耳濡目染，固吃過看過飲食行家也。但渠對魚翅、燕菜等高級海味了無興趣，偏愛水爆肚一味。故都賣水爆肚，多為天方教人，絕不摻有牛肚，售者多為設攤營業，器具桌凳，均潔淨無塵。作料臨時現調，每人一小碗，羊肚亦現切現用水爆，手藝優劣，即在此一汆，時間稍過，即老得嚼不爛，火候不足，則又咬不動。北平各廟會及天橋，均有這種吃食攤子，但手藝最好頂出名者，則為東安市場潤明樓前空地上之老王爆肚攤。

吃爆肚名目繁多，分肚頭、肚領、葫蘆、散單等七八種，不是精於此道者，根本叫不出這些名堂。每攤必定設有兩、三個尺二白地青花大冰盤，用刷得雪白鍋圈架起來，冰盤裡放有整塊晶瑩透明的冰磚，羊肚分門別類鋪在冰磚上，外用潔白細布蓋上。客人要什麼地方，切什麼地方，切好一汆，蘸著作料吃，打二兩二鍋頭，再來兩個麻醬燒餅，既醉且飽，所費有限。姜聖人說，吃一頓水爆肚，轉過身來再聽段趙靄如有葷有素、亦莊亦諧的相聲，真能消痰化氣。只要吉祥園有戲，他的中飯就照顧爆肚王了。

綴玉軒主梅蘭芳，藝絕一時。梅生於舊京，長在北平，但其先世，實為江蘇泰縣梅家堰人，故其飲食口味，偏重於南方者居多。梅自成名後，雖極力避免各方酬應，但推不開之大宴小酌，仍無日無之。渠與較為投契的朋友相聚，不是城外春華樓，即是城裡玉華台，兩家口味皆近淮揚。若遇知交小敘，則必趨恩承居。肆在前門外陝西巷，位於花柳叢中，小屋數椽，雅座僅只兩間。後院闢地三弓，略置花木，暑天可在院內臨時設桌，當風飲啖。櫃上自承為粵菜館，實際有幾樣廣東菜，確乎夠標準，堪稱拿手，可是有幾樣北方菜，比諸致美齋、濟南春亦不多讓。味諳南北，食兼東西，故都一般會吃老饕，稱之為「小六國飯店」，恩承居原名，反而其名不彰。

梅至恩承居必點鴨油素炒豌豆苗，炒菜之油絕對用鴨油，毫無摻假。豆苗都用嫩尖，翠綠一盤，腴潤而不見油，入口清醇香嫩，不滯不膩，允為蔬食雋品。另一味為蠔油鱔背，該居主人最嗜蠔油，每歲必由廣東香山大批採購，用原裝木樽運北平，故所用蠔油，確係香山所製極品。所用鱔魚，亦必粗細相等黃鱔，剔選切片，炒出上桌，鱔肉老嫩一致，不會有一塊肉粗、一塊肉嫩的情形。

日久，跑堂知梅大爺嗜此兩味，每遇梅來，不等叫菜，即招呼灶上備料上菜，列為敬菜，不勞梅老闆再點一遍矣。戲劇大師齊如山，亦有同嗜，對該居炒豆苗特別欣賞。每要此菜，必叫櫃上到同仁堂打四兩綠茵陳酒，邊吃邊喝。黃秋岳謂此菜配此酒，可稱為「翡翠雙絕」，詩人吐屬不凡，此一雅稱，殊覺清新可喜。

抗戰勝利，某公在上海紅棉酒家舉行忘年會，筵開兩席，到者多為各界名流，蘭芳亦與盛會。紅棉素以選料精純，稱雄上海粵菜幫，客有知梅所嗜，特點豆苗一味，座客有曾吃過恩承居炒豆苗者，淺嘗之下，以紙餐巾書「恩承翡翠雙絕味，不許人間再品嘗」十四字以示梅。蓋八年抗戰，花事凋零，恩承居早已停歇，翡翠煙冷，醰醰之味，只有寄諸懷想而已。

上海之炸臭乾，蕪湖之臭麵筋，北平之臭豆腐，其臭雖一，其味各異。北平臭豆腐，均係店售，大多一間門面小鋪，夏季雨後新晴，亦有小販躉來沿街叫賣者，平素想吃臭豆腐，非辛苦兩條腿，自己去買不可。

北平真王致和，設在宣外西草場鐵門，雖只一間門臉，而其牌匾則頗為講究。櫃臺豎一立匾，朱書「臭腐神奇」四字，字各徑尺，傳係伊犁將軍志伯愚某科任北闈主考，出闈時，值王致和來求墨寶，將軍素嗜此味，即用朱筆書贈。都中父老相傳，闈中朱筆，乃魁星點元之用，得之者大吉，從此臭腐乃成王致和金字招牌，生意興隆，其他各家均莫能爭。梨園中名武丑王長林最愛吃臭豆腐，誰家所製，發酵到家，味正而純，到嘴一試，便能嘗出，亦推鐵門王致和為第一。乃子福山，某次與人聊天說：他的老人家，能做出一桌臭豆腐席。話雖近謔，由此可知臭豆腐亦可做出其他佳肴，惜此老早已逝世，令人徒然流涎三尺耳。

燕塵偶拾

民國初年，在京津一帶還不時興吃烤肉，因為吃烤肉當時全講究自己拌作料，自己動手烤，隨烤隨吃才有滋味。現在臺北吃烤肉連拌帶烤都讓夥計代辦，作料濃淡，肉的老嫩，悉聽尊便；烤肉支子離飯座八丈遠，館子怕煙燎子味熏了顧客，還用一個玻璃棚子隔起來。等肉烤好端上來，也不過微有熱氣，您想想能夠好吃嗎？

因此您打算吃烤肉就得自己來動手自己烤著吃。說真格的，吃烤肉的架勢，還真是有欠文明。穿長衫的，必須脫掉長衫，挽起袖口；穿西裝的，一定要寬了上衣，解除領帶，否則領帶要是讓火燎著，沒有人賠的。烤肉的時候雖然不必一定一腳踩著板凳，可是也沒有斯斯文文坐在鐵箆子旁邊吃烤肉的，除非您打算不要兩道尊眉了。烤肉的吃相既不太雅觀，當初年頭又比較保守，所以一般士大夫階級就不大願意嘗試了。

彼時吃烤肉比較冠冕點的地方，要算前門外正陽樓。此外就是推著車子串胡同賣烤肉的了，早先烤肉宛哥兒倆，就是推車子下街混起來的。

到了民國二十年左右，民風漸漸開通，一下子吃烤肉大行其道，變成最時髦的吃喝。專門賣烤肉出了名的，全北平一共有三家：宣武門外騾馬市大街的「烤肉陳」，宣武門裡安兒胡同的「烤肉宛」（「宛」讀如「滿」），後門什剎海義溜河沿的「烤肉紀」。他們三家各有所長，也各有各的主顧。

烤肉陳地勢寬敞，招呼周到。烤肉宛支子最老，切肉、選肉都特別精細。烤肉紀小樓一角，高爽豁亮，雪後俯瞰後海，景物幽絕，對著雪景，真能多吃幾兩肉，多喝四兩酒。可是烤肉宛，宛氏兄弟的老二有一絕活，他能夠一邊切肉，一邊算帳，當時北平還用銅子，幾吊幾、幾百幾，算得是又快又準，不管有多少客人等著算帳，他從來沒算錯過。後來不知道哪位仁兄替他大大的一宣傳，愣說他有一架支子，是明泰昌年間的古董，到現在足足有三百多年了，支子老，油吃得足，肉不黏支子，因此肉烤出來特別好吃。大家受了好奇的影響，都一窩蜂擁到烤肉宛來吃，久而久之，烤肉宛成了一枝獨秀，不但蓋過陳、紀兩家，而且變成無人不知、無人不曉。甚至洋人到北平來觀光，如果趕上寒冬臘月，烤肉宛也列為必「吃」的項目。

要說烤肉宛的座位，實在是有欠高明，把著安兒胡同西口，兩間門臉兒的破瓦房，一進門靠南間斜對角放著兩架鐵支子，所謂明朝老古董的鐵支子，一架叫東邊的，另一架叫西邊的。

在從前烤肉是只賣秋、冬兩季的，一交立秋，支子一生火，就有人趕著到烤肉宛搶先嘗新去了。您一進門，宛老大首先問您東邊還是西邊，如果您說東邊，他就給您記上東邊，馬上喊一聲東幾號，您就算登記上東邊第幾號了，甭管多麼擠、多麼亂，絕對不會有竄號、換號一類情形發生。可是排了號之後，屋裡有破椅子、破凳子，您要在煙薰火燎的小屋裡等著，假如您有事出去一趟，或者到門口透透氣，宛老大立刻喊聲「銷號」，您再進去，號碼重排，絕不通融。

敵偽時期，王克敏沐猴而冠，當了冀察政務委員會的委員長，雖然是日本人的走狗奴才，可是對待老百姓依然是盛氣凌人、頤指氣使、不可一世的態度。有一天雪後新霽，王的愛寵小阿鳳，忽然心血來潮，想到烤肉宛吃頓烤肉，嘗嘗是什麼滋味。那種地方小阿鳳如何受得了，可是王瞎子對於小阿鳳向來是奉命唯謹怎能拂逆，於是帶著隨從保鏢大隊人馬，浩浩蕩蕩直馳安兒胡同來吃烤肉。宛老大一看這種勢派，知道來的是位大老，於是趕忙過來招呼。王某當然是吃東邊的，登記了東邊的第七號，屋裡地窄人稠，加上煙熏火燎，他們這夥子人馬，自然經受不住，紛紛退出了這座破瓦寒窯，抽煙的抽煙、疏散的疏散，有的躲在小包車裡避避寒、聊聊天，約莫過了半小時，再進到屋裡看看輪號輪到他們沒有。可是人家宛老大不管三七二十一，照著老規矩把他們一行的號碼，又順序排下去二三十號。這一下可把小阿鳳惹翻了，大發嬌嗔，王瞎子一看寵姬火啦，跟著也大發雷霆，副官隨從自然狐假虎威，一個個橫眉豎目，鬧得不歡不散。正打算一擁而上把宛老大好好修理一頓的時候，不料人群裡走出了一位大漢，此人姓吳名菊癡，早先不過是偶或登臺票票戲、寫寫劇評的記者，可是自從華北一淪陷，有名的記者不是隨軍南下，就是藏起來不露面了。此地無砄砂，紅土子為貴，吳是唱武生的票友，任何色彩都沒有，他經新民會一拉攏，首先加入。

此人既無機心，頭腦單純，反倒成了文化漢奸裡大紅人啦。他一走過來，就衝著正發脾氣的王克敏似笑不笑的開腔了。他說大東亞共榮圈最講究新秩序，一切都要分個先來後到，我們幾個人是同著日本憲兵隊佐佐木大佐來吃烤肉的，也得挨著煙熏順序等著，您要吃就請您往後排吧。王瞎子一看情勢不妙，眾多排號的吃客，又怒目而視，他知道眾怒難犯，趕緊見風轉舵，打了退堂鼓，率領手下一干人等，擁著小阿鳳狼狽而去，烤肉也不吃啦。第二天華北地區大報小報，都隱隱約約刊登這段趣聞。當時有位記者叫張醉丐，文筆非常犀利，時常有尖酸俏皮的文章給各小報寫方塊，他把烤肉宛寫成不畏強權的宛氏雙雄，事隔三十多年，現在想起來依然覺得既痛快又可憐又可笑呢。

北平上飯館的訣竅

北平是個五方雜處、人文薈萃的地方，所以山南海北、各省各縣有名的大小飯館兒也就應運而生。北平人哥兒幾個一湊合，講究下小館樂和樂和，花錢不多，還得充腸適口。所以進飯館吃飯，無論是整桌的燕翅席，或者是叫兩個小炒，會吃的都有個一定之規，讓堂口到灶上都知道您是位吃客，灶上的調和不敢隨便亂配，堂口的堂倌更不敢欺生慢客。

北平老饕進飯館，講究可多啦，有的吃堂口，有的吃灶兒上，吃灶兒上還分是吃紅案子還是白案子。譬如說吃堂口，那就是堂倌伺候殷勤周到，處處給主顧省錢做面子。您進飯館一入座，堂倌一看您同來的朋友，有幾位生臉色，再一聽是外路口音，您一點菜又是價碼高的場面菜，堂倌就明白今天請的是什麼樣的客，是什麼樣的目的啦。一方面替您出主意，一方面往外報櫃上今天準備的時鮮菜。等菜點得差不多，堂倌又開口了，櫃上還有兩個敬菜，大概也夠吃啦，如果不夠再找補，要是叫太多吃不了也糟蹋。堂倌這麼一說，客人覺得櫃上一定跟主人有交情，主人平素出手一定很大方，做主人也覺得臉上有光彩，既省錢又有排場。等一上菜，堂倌先上敬菜，一定都是時鮮拿手名菜，還要報出一聲是櫃上做的，當然等算帳的時候，主人心裡有數，除了把菜價算到小帳裡，還得老尺加二。可是吃完之後，客人吃得其味醰醰，主人面子十足，堂倌身受其惠，真是三方面皆大歡喜。可是有一樣，您一坐下，叫的是家常豆腐、三合油拍黃瓜一類的菜，人家堂倌可也不能拿烹蝦段、燴烏參一類貴菜給您當敬菜的。

館子最講究吃熟，假如您今天沒飯局，信馬由韁您走進哪個飯館，自己也想不出吃什麼來，您讓堂倌給想點吃兒。可巧正碰上今天櫃上有酒席，堂倌可能說您甭管啦，我給您顛配顛配吧，待一會您吃的等於是一桌小型獨坐酒席，人家席上有什麼，您也吃什麼。您吃完，堂倌也不會給您算帳，多給小費就成啦。可是有一宗，這種堂倌一定要是堂口的大拿，上海所謂「能博溫」，不但平時支工錢，到年終還得劈花紅才行呢。話又說回來啦，他要不是看準了您是個大主顧，他也不肯幹。這種吃法叫吃飛，就是別人的菜飛到您這兒來了，照這麼一說，那人家辦酒席的主兒，豈不是吃了大虧嗎？其實也不盡然，有人吃飛，堂口老早就關照灶上多留點勺把兒了。

有一班大爺們，天天上館子，胃口都吃倒了，三、五個人一進飯館誰都不願意點菜。後來誰也不點，每位多少錢，讓館子裡自己配，喝酒就配兩個酒菜，不喝酒索性全是飯菜。北平各大飯館子，很時興了一陣子，這種叫「自摸刀」的吃法（我想這個名詞，一定是哪一位牌友與出來的，由「自摸雙」而聯想「自摸刀」，也不怕割了手，一笑）。到了民國二十三、四年北平豐澤園一客自摸刀，最好的要四十塊錢一客，那是真宰人啦。

北平自從興了一陣子女招待之後，添了好多邪魔歪道的小館，您同朋友小吃，一入座堂倌就掗著您，什麼菜貴讓您點什麼。兩人吃飯，他能給您上個十寸盤紅燒蝦段。他為什麼死乞白賴掗您吃紅燒蝦段呢，因為他們冰箱裡的對蝦已經有味，蝦頭都快掉了，再賣不出去，只有往髒水裡倒啦。碰了這樣的堂倌，也有法整他。您說不愛吃紅燒蝦段，太膩人，清爽點你給我來個黃瓜炒對蝦片，或者來個對蝦片雞蛋炒飯加豌豆，他馬上痳了爪子，不提讓您吃對蝦了，因為他們的對蝦，可能糟到不能切片，即或能切片，拿黃瓜豌豆綠色一比，他也端不上桌兒了。

北平人請客吃飯，講冠冕當然是整桌酒席。可是有一類客人，打算套近乎，請他用酒席，又顯著生分了點；臨時現點菜又覺得有點不夠禮貌，所以有一種吃法叫賓主盡歡。方法是主人先到飯館點個大菜，像紅燒烏參、白扒魚翅啦，再不黃魚四吃、梅花熱炒，或者烤隻填鴨，來個鴛鴦雙羹、核桃三泥啦。等客人一到齊，那就要看堂倌的火候如何了，他首先要把主人已經準備的幾個大菜報出來，然後依序請示主客、陪客點什麼菜吃，所報菜名要跟主人點的菜配合，不能衝突，也不能專報貴菜，讓主人花錢太多。要是座中有利巴頭的客人亂點一通，堂倌還要委婉說明菜已夠吃，還得顧慮怕客人掛不住燒盤。這種賓主盡歡的吃法，最好賓主對吃有點素養，否則不是點的菜不夠吃，就是菜叫多啦，吃不了都剩下。

北平的飯館跟目前臺灣的飯館可不一樣。山東館就是山東菜、江浙館就是江浙菜，甚至於同是山東館，您家的拿手菜別家絕不做。例如拿潘魚江豆腐說吧，那是廣和居的名菜，等廣和居關門，灶上原班人馬到了同和居，要吃潘魚江豆腐，您得上同和居去吃，別家山東館都不會承應的。現在倒好，北京館賣清蒸鰣魚，江浙館賣掛爐烤鴨，簡直全亂了套啦。因各家館子有各家的拿手菜，所以在北平下小館兒點菜，就成了一門學問。

筆者有位至好的官方朋友到北平來觀光，平素久聞東興樓是北平著名山東館兒，少不得約上幾位熟朋友，在東興樓給他接風。既然是至好，要叫整桌菜，覺得有點不夠意思，所以採用賓主盡歡，點幾個菜吃，哪知堂倌一請點菜，這位爺點了個火腿雞皮煮乾絲。當時堂倌就打了個愣，等大家把菜點完，堂倌把我請到房外廊簷下說他是特客，櫃上沒有這個菜，又不便駁回，您看怎麼辦？我告訴堂倌，這是淮揚館最普通的菜，咱們客人是吃慣了揚州富春花局的煮乾絲，他認為這個菜你們還不會做嗎？不要緊，趕快派人到錫拉胡同玉華台叫一份，跟你們的菜一塊上就行啦。這件事經筆者這麼一調派，才算了局，否則的話，大家豈不都僵住了嗎？由此足證常常下小館的朋友，對於點菜之道總得研究研究。

津沽小吃

「府見府，二百五」，這是北平人一句老話。順天府到天津府，距離是二百五十里；順天府到保定府，距離也是二百五十里。由北平去天津，如果坐平津快車，也就是朝發午至。平、津既然是如此的近，北平又是明清兩代的國都，人文薈萃，飲食方面自然而然就比其他府縣講究得多了。天津飲食方面，一切都跟北平學，所以也就沒有什麼特別另樣的吃食了。不過天津到底靠河近海，魚蝦鱗介特多，再加上每個地方總有幾樣鄉土風味的吃食，所以天津有幾樣吃的，在北平是沒法吃到。如果想吃，只有跑趟天津衛才能解解饞了。

天津的小吃，先說狗不理的包子。原先本叫狗不理，後來大概是有人覺著狗不理的「狗」字不雅，把「狗」字改成「苟」。於是一改百應，都成了苟不理，反倒失去本義。眼下在臺灣，苟不理包子在臺北，就可以找出三四家；可是要找一家狗不理包子鋪，反倒戛戛乎其難了。為什麼叫狗不理，就是天津的老土著也是其說各異。

據說最早的狗不理，門面小，顧客多，甭管有多少人來吃，永遠都是新出屜的。狗不理的包子，講究的是油大滷多，加上又都是現出屜兒的現吃，自然是又熱又燙。我們知道狗是無所不吃的，可是就怕吃燙的東西；有人說，凡是狗，只要吃過燙的食物，一聽到響器就腦漿子疼。究竟是真是假，那就要請教腦科專家了。不過在街上亂跑的野狗，凡是吃過熱馬糞的，一聽到打糖鑼的一敲糖鑼，賣豌豆糕的一打銅璇子，狗就沒死賴活的又叫又咬，那是一點也不假。狗不理賣的都是新出屜的包子，油大滷水多，熱而且燙，擲在街上，狗都不理，無非是給包子做宣傳的形容詞而已，後來數典忘祖，才改成「苟不理」了。這個說法是否正確，還得請教天津各位鄉長了。

天津狗不理包子鋪，前些年一進去，坐下吃包子是不受櫃上歡迎的。鋪子門口有一個巨型籤筒，筒底蒙上一層厚牛皮，一進門抽牌九，抽大牌，抽真假五，都可以贏了少給錢多吃，賭輸了多給錢少吃。筆者第一次進包子鋪，坐了半天沒人理，只好空肚出來，後來跟人一打聽，才知道要吃包子先得抽籤子。第二次跟一位抽籤能手的朋友同去，抽了兩、三把，他就大贏特贏，大約一把五毛，三把贏了百十個包子。抽籤吃包子，可以算天津在吃的方面一大特色，除了北平串賣燻雞、賣糖葫蘆的帶籤子，賣奶酪帶骰子外，到鋪子吃點什麼，還要先抽籤，狗不理可算獨一份兒了。

鍋巴菜可以說是天津衛獨一無二的一種吃食。不但天津人愛吃，就是外地人在天津住久了，也會慢慢的愛上這種小吃。尤其是數九天，西北風一颳，如果有碗鍋巴菜，連吃帶喝，準保吃完了是滿頭大汗，又暖身子又落胃。鍋巴菜叫白了，都叫嘎巴菜，其實正字是「鍋」不是「嘎」。

做鍋巴菜的主要原料是綠豆粉，先把綠豆粉用涼水和稀，用平底鐵鐺攤成薄薄的一大張，然後切成柳葉條，用芡粉勾一鍋素滷，澆上花椒，撒上香菜，又熱又香，真可以說又經濟又實惠。天津市面上，素滷鍋巴菜早晨到處都有得買。有一份肉片滷的鍋巴菜，在綠牌電車路法國教堂一個胡同口，滷是肥瘦肉片，加上黃花、木耳勾出來的，那比素滷又好吃多了，據說這是天津獨一份的肉滷。勾滷更有一套秘訣，一碗鍋巴菜，吃到碗底滷也不瀉，在當時他既沒申請專利，也沒有人一窩蜂似的你做我也跟著起鬨，可見當初在大陸做生意，是多麼講究義氣了。

平津那麼近，北平怎麼就沒鍋巴菜賣呢？據北平老一輩兒的說，北平的風俗，大小住戶死了人，不管貧富，人死三天，一定要和尚念經超度，叫「接三」。晚上，放一台焰口，焰口下座，本家要請僧眾吃一餐柳葉湯。所謂柳葉湯，是白麵切成柳葉條，用湯水煮來吃，北平四九城的切麵鋪都會切。鍋巴菜也是柳葉條，不過一個是綠豆麵，一個是白麵，形態是一樣的。北平人忌諱較多，大家嫌喪氣，所以鍋巴菜在北平雖然也有人動腦筋做過，可是就興不起來。說起來這也算鍋巴菜的一段小插曲。

中國出產銀魚最有名的地方，共有三處。一是廬山，一是雲夢（湖北），第三個就是天津大清河。天津一般對吃有研究的人，認為天津銀魚，分黑睛、紅睛。據說新安附近打上來的銀魚最好，揀那一指長的用麵漿一拖，下鍋炸到見黃，以花椒鹽蘸來下酒，通體酥透，絕不會吐出一根魚刺來。

在天津提起傻子的醬肉，可以說無人不知，無人不曉。傻子既不設攤，也不開店，每天下午跨著食盒，在元興澡堂子、元興大旅館兩邊一串，不到一個時辰，十來斤醬肉，五十個叉子火燒，準保通通賣光。他的醬肉好處是陳年醬汁，火工到家，肥而不膩，瘦不塞牙，其味醇郁，鹹淡適宜。人們下午在澡堂子裡洗完澡，早飯已過，晚飯未到，兩碗釅茶一涮，五臟覺著有點發空，這就上兩套火燒夾醬肉，墊補墊補，那真是絕了。

吃在上海

珍饈美味匯集上海

談到飲食，北平是累世皇都，上方玉食，自然萃集大成，珍錯畢備。中國有句老話，說「吃在廣州」，紅棉飲饌，羊城烹割，固然精緻細膩，可是精則精矣，卻談不上博。上海自從通商開埠，各地商賈雲集，華洋雜處，豪門巨室，有的是鈔票，但求一恣口腹之嗜，花多少錢是都不在乎的，於是全國各省珍饈美味在上海一地集其大成，真是有美皆備。只要您肯花錢，可以說想吃什麼就有什麼。

上海的飯館，最早是徽幫的天下，繼而蘇、錫、崑、常各縣形成一股力量，有所謂本地幫崛起。後來蘇北人來上海的日見其多，淮揚幫的菜在乾隆皇帝三下江南，就迭蒙御賞，淮揚菜肴早就馳譽全國，很快的也在上海紮根。海禁一開，廣東人在上海的勢力日趨雄厚，廣東人又最團結，飲食又講究清醇淡雅，不像滬幫、揚幫的濃厚油膩，隨後廣東菜館就像雨後春筍一般開起來，在上海灘反而後來居上。抗戰之前到抗戰初期，粵菜反而變成上海飲食界主流了。至於川、湘、鄂、閩、雲、貴、平、晉各省的飯館，家數不多，雖聊備一格，可是各有各的拿手菜，也能拉住一部分老饕。

瓦缽臘味飯、燒臘鴨腳包

我們先談談廣東菜吧。老資格的廣東菜館，要算南京路的大三元了，在廣東長堤的大三元本來是廣州四大酒家之一，早就享有盛名。上海分號的大三元，都是些平平實實的廣東的普通菜肴，並沒有什麼特別菜。可是真正吃客，到大三元吃飯一定要點瓦缽臘味飯，因為大三元做燒臘的大師傅是東江請來的第一把高手，選肉精細，製造嚴格，鹹中微甜，甜裡帶鮮，不像臺灣所謂名牌香腸，甜得不能進口。他家燒臘中的鴨腳包，的確是下酒的雋品，鴨掌隻隻肥碩入味，中間嵌上一片肥臘味，用滷好的雞鴨腸捆紮，每天下午三點開賣，總是一搶而光。他家的鴨腳包，在上海雖有若干賣廣東臘味的，可是誰也比不了大三元。

南京路的新雅，是以環境清潔衛生稱雄上海的。我們常說，飯館的菜雖然好吃，可是廚房不能看，人家新雅的廚房可不同啦，不但不怕人看，而且歡迎客人前去參觀。歐美人士到上海，最喜歡到新雅吃飯，因為他們看過廚房如此乾淨，可以放膽大嚼，不必擔心瀉肚啦。新雅菜的特點，用油比較清淡，北方人吃起來，也許覺得味道不夠濃厚，可是恰好適合歐美國際友人的口味。每到飯館門口樓下樓上，舉目一看，外國仕女，真比中國人還多。他家小型冬瓜盅，是最受顧客稱讚的，冬瓜只有臺灣生產的小玉西瓜一般大小，又鮮又嫩，比肉厚皮粗的大冬瓜，簡直不可同日而語了。他家煎糟白鹹魚、辣椒醬都賣小碟，是最佳的下飯菜，到新雅來吃飯的客人，不論中外，這兩個物美價廉的菜，總是少不了的。

愛多亞路南京戲院對面的紅棉酒樓，有人說他家是廣東菜的竹槓大王，其實那要看你怎麼吃。有一對中年新婚夫婦到紅棉吃便飯，要了一個乾燒冬筍，先生在新夫人面前，要表示自己對吃很內行，於是關照堂倌，冬筍越嫩越好。等吃完一看帳單，可就傻了眼啦，這一盤乾燒冬筍的價錢，把兩人口袋掏光，才勉強夠付帳的。問堂倌這盤菜何以這麼貴，堂倌馬上叫廚房裡抬出兩大筐冬筍，都是去掉筍尖的，這對夫婦只好照單付帳。

另外筆者一位朋友的妹妹和如夫人，在南京大戲院看完電影，就順步進了紅棉晚餐，要一份小盆蟹黃翅羹，覺得味道不錯，叫堂倌再來一份。堂倌一看這二位是闊吃客，當場推薦今天有鮑魚大包翅，兩人也就欣然來了一份中盤的，的確汁稠味濃，火工恰到好處，可是吃完一結帳，兩人傾囊以付，尚且不夠，只好把灰背大衣留下作押，才能出門。

筆者知道了這件事，特地約了兩位朋友到紅棉小酌，跟帳房總管聊了一陣子，才明白他們對於真正吃客絕不宰人，要是碰上自命不凡燒包的朋友，開個小玩笑或許有之。我告訴他們，這種作風對生意是有影響的。他們很聽勸，後來居然把這個毛病改了。老實說紅棉的廣東菜，講烹調技術，不但在上海要屬第一，就是跟廣州、香港比手藝，也是毫無遜色的。他的頭廚是廣州陶陶酒家出來的，一味捲筒鱖魚，真是細嫩柔滑，整盤魚捲不作興發現一根魚刺。梁均默先生是吃廣東菜名家（廣東叫食家），他說粵菜雖然說比較清淡，可是大鮑翅、全蛇羹、龍虎鬥一類菜，也不是清描淡寫的，要做到腴而不膩、厚而不滯，才算上選，上海的紅棉算是夠得上這個條件啦。

珍品佳肴風味各異

南京路派克路口後來開了一家怡紅酒家，門面雖然不大，可是他家有一菜一點，招徠了若干食客。菜是烤小豬，點心是灌湯餃。

所謂烤小豬，他家所用的小豬，絕對是乳豬。他們在龍華有牧場，他家的豬，飼料考究，飼期適當，豬仔就先比別家地道，烤出來的乳豬焉能不好？同時他家吃乳豬蘸的醬，也是自家調製，味道也跟別家不同。至於灌湯餃，是用飛籮麵擀皮，其薄如紙，內外透明，一兜滷湯，好像沒餡，湯汁腴美，百吃不厭，同時用油綠小秋葉托襯，放在堊白飛邊小瓷盞裡，每盞三隻，白綠相間，看著都令人發生美感，甭說吃啦。數十年來，只在怡紅吃過這種雋品，有的廣東館子連這個名字還不知道呢。

虹口地區，在民國十六、七年，市面日趨繁榮，旅店酒家也越開越多。稅務署主任秘書董仲鼎、聲甫兄弟，都是廣府菜的大吃客，哥兒倆一高興，在虹口開了一個秀色酒家，文人手筆跟一般生意自不相同。特闢幾間雅室，碧樹紅欄，清標拔俗，飲饌器皿，全是訂燒細瓷，跟一般酒家銀器檯面，俗雅立判。所做的掌翼煲，是秀色招牌菜。

所謂掌翼煲的材料，其實就是雞鴨腳翅，先把掌翅炸到顏色金黃，用陶罐加高湯配料煮到酥爛，上桌的時候，架在小酒精爐上，腳掌都有大量膠質，越煲香味越濃，吃完剩下半罐濃汁，用來燉豆腐或者是熬黃芽白，更是絕妙的下飯菜。有時候買到羊蹄，也賣羊蹄煲。因為材料調配得適當，不但毫無一點羶味，而且濃郁腴潤，是冬令進補的極品。

陳筱石晚年腿腳發軟，名醫張簡齋告訴他最好是吃燉羊蹄，自然慢慢會步履如常。不過江南人怕羶，只有隆冬進補，平日羊肉銷路不旺，所以羊蹄不一定每天買得到。秀色一有羊蹄，總要給陳筱帥公館送兩煲去。聽說臺北有一家餐廳偶或也有羊蹄買，說是他家新發明的，其實羊蹄煲早在四十年前，已經有人偏過啦。

上海廣東飯館一到立冬就拿冬令進補龍虎鬥、三蛇大會來號召，先母舅因為在廣東住了幾十年，對於廣東菜特別有研究。據他老人家品嘗結果，在上海吃蛇肉，要算虹口的陶陶酒家最為貨真價實，不耍滑頭。三蛇大會是三條不同的毒蛇，一條叫過樹榕，一條叫金甲帶，一條叫飯匙頭，專門治理三焦濕熱惡毒。如果再加一條貫中蛇，就叫全蛇大會。這條貫中蛇，能把上中下三焦豁然貫通，雖然貫中蛇只有拇指粗細，二尺多長，可是全蛇大會的酒席，比三蛇大會要貴上一倍。據說這幾種毒蛇，都是廣西十萬大山特產。廣東有所謂蛇行，跟雞鴨行一樣，一交立秋，蛇行的捕蛇專家，就結夥進山捕蛇了。貫中蛇最少，可是治病方面，必須有貫中蛇，效果才能特別顯著，所以不論哪家捉捕到貫中蛇，都要歸公分配。請客吃全蛇大會，在主人來說，算是大手筆的光彩盛典。

筆者在上海曾經參加過一次全蛇大會，首先是吃蛇膽酒，堂倌把四隻蛇膽紮在一隻銀叉上，一個小銀盤子放著一枚帶把銀針，一隻小銀夾子。每人面前一杯烈性酒，大半都是白蘭地，由堂倌用針把四粒蛇膽扎破，每粒膽在客人酒杯各滴一滴，最後輪到主人。每粒膽要不多不少恰好各刺兩滴滴到主人酒杯裡，於是大家鼓掌致謝舉杯，主人此時要對這個堂倌放賞。全桌酒席，不論煎炒烹炸，每個菜裡都少不了蛇肉，蛇肉煮熟很像雞絲，鱔魚橫切面還看得出有紋理，蛇肉反而一點也看不出來。最後是一隻巨型銀鼎，雞絲、蛇絲、魚翅、鮑魚大雜燴，每位可以盡量吃飽。鼎裡是各味俱全，鮮則鮮矣，但是過分駁雜，說不出有什麼獨特風味來。蛇會終席，主人宣布，請大家到先施公司浴德池洗澡。人家吃蛇老舉，每人都攜帶換洗內衣褲而來，只有筆者是個大外行，根本沒帶，於是讓家裡把內衣褲送到澡堂子去。

等到解衣下池，腋下腿彎，都有黃色汗漬，據說這就是吃全蛇的功效，把風濕都從汗水裡蒸發出來了，所以請吃全蛇，主人一定附帶請洗澡。筆者因吃全蛇而露怯，雖然事隔四十多年，仍然記得清清楚楚。

憩虹廬的粉果

虹口愛普羅電影院旁邊有一家餐廳叫憩虹廬，是光緒二十九年恩正併科的一位傳臚黎湛枝後人開設的。跟黎同科的狀元是王壽彭，黎的別號嘯虹，所以王壽彭給他飯館起名憩虹廬，門匾也是這位狀元公的親筆。據說他家的清燉牛脊髓、太史田雞都是南海梁鼎芬太史口授親傳，非常有名，可惜筆者去了幾次都口福欠佳沒吃著。

憩虹廬最著名的是粉果。任何一個廣東館，一盅兩件都是小碟小盞，單獨憩虹廬的粉果是十二隻一盤，連盤上桌。粉果的皮子是蕃薯粉跟澄粉糅合的，香軟鬆爽，不皺不裂，餡兒紅的是蝦仁火腿胡蘿蔔，綠的是香菜泥荷蘭豆，黑色是冬菇，黃色是雞蓉干貝。包粉果也有特殊手法，皮兒必須光潤透明，顏色還得配得勻稱，乍一看隻隻粉果，都是青綠山水，甭說吃，就是看也覺得醒眼痛快。

做粉果的是廣東鼎鼎大名大梁陳三姑。就是廣州最著名的馬武仲家的特製粉果，也還輸陳三姑一籌呢。所以大家都是排班入座，等著吃粉果，絕非謬採虛聲，湊熱鬧起鬨來的。

上海廣東酒家，後來越開越多，大家只知道在裝潢布置上爭奇鬥勝，所請的師傅，也沒有什麼高手，自然拿不出什麼特別出色的菜肴來。

濃郁香酥腴潤適口

現在擱下廣東菜不說，先來談談上海本幫菜館吧。

談到上海本幫菜館，真正夠得上代表本幫風味的，恐怕要屬小東門十六鋪的德興館啦。因為館子靠近魚蝦集散市場，所有下酒的時鮮，血蚶、鮮蟶、活蝦、海瓜子，都比別家菜館來得新鮮。

本幫菜的紅燒禿肺、生炒圈子、醬爆櫻桃、蝦子烏參，原汁原味、濃郁鮮美，確實純粹本幫風味。他家有一個菜是生煸草頭墊底蒜蓉紅燜豬大腸，不但毫無臟氣，論火候那真是到口即溶，絲毫不費牙口，再配上生煸草頭，可稱得起是色香味俱全啦。這一道上海菜，只有德興館最拿手，像老正興、老合記、魁元館，哪家都趕不上德興館的這道菜腴潤適口呢。

廣西路的老正興也算是老資格的滬幫菜館。他家的糟都是自己特製的，所以凡是用糟的菜，他家都比別家高明。白糟醃青魚、春筍火腿川糟，都是絲毫不用味精，自然鮮美的拿手菜。滬幫飯館的湯，不是醃篤鮮，就是肉絲黃湯，總嫌厚重油膩。會吃的朋友，在大魚大肉之餘，點他一個枸杞蛋花湯，或者來個紅莧菜湯加糟，真是清淡爽口，肥膩全消。

菜市路老合記，也是上海灘的老字號，不是道道地地老上海，不會光顧到老合記去。貴池劉公魯在上海是有名的捧角兒家，同時也是位吃客，他說老合記有兩道拿手菜，雖然材料都極普通，可是除了老合記誰也做不出那麼好的味道來。他家的金銀雙腦，是把燻過的豬腦，跟新鮮豬腦剔去血絲細筋，用干貝、白果以文火燉熟，干貝起鮮，白果去臟氣，這是老合記的拿手菜之一。

老合記養了若干隻菜鴿子，飼料上得足，所以鴿子特別肥，拿來做油淋乳鴿，特別肥嫩。從前賀衷寒先生最愛吃鴿子，他說到廣州不去天香樓吃焗花鴿，到上海不到老合記吃油淋乳鴿，錯過這樣的口福，那就太可惜了。

上海大陸大廈，後改慈淑大樓，也有一家老正興。除了寧紹幫應有的燒划水、炒鱔糊、扁尖腐衣、冰糖元蹄一類菜肴之外，他家有一道菜是清蒸草魚。鮮魚洗淨，把頭尾鱗鰭一齊切掉，用一塊白菜葉放在飯鍋上蒸，等飯蒸好，魚也蒸熟。加上薑絲、葱花，用頂上生抽（好醬油）調味，魚肉鮮嫩，隱約含有稻香，說起來簡單，做起來也容易，可是咱們做出來，總也沒人家那種香味。他家還有一種蕹菜（上海叫藤藤菜，又叫空心菜）做的衝鼻辣菜，再叫一個五花肉燜鰻魚，配著辣菜來下飯，不是真正老吃客，絕不會這麼樣點菜。

靠近大中華飯店有一家叫大發的，本來是一座黃酒館，後來他把蘇州松鶴樓掌灶的請了來，因為顧及同行義氣，不好意思也賣松鶴樓拿手的三蝦熱拌麵（蝦仁、蝦子、蝦腦所晒出的油叫三蝦油）跟松鶴樓來比。可是到了清水蝦盛產時期，他研究出賣蝦腦湯麵，一碗熱氣騰騰的蝦腦麵端上來，赤蕾赬尾，簡直是一碗白玉蓋珊瑚麵，有人愣叫它珊瑚麵。此外菜肉蒸餛飩，大閘蟹上市時候的蟹粉湯包，更是名聞遐邇。

有一個時期，筆者跟金融界朋友在大中華飯店開有長期房間，上海名琴票陳道、安哲嗣，青衣名票陳小田，因為大發湫仄嘈雜，所以一到河蝦旺市，總是來到大中華我們的房間吃蝦腦麵。這時候倪紅燕還沒有跟鄭小秋結婚，她想跟陳小田學平劇《落花園》，在大中華吃了三頓蝦腦麵，就把全齣《落花園》學成了。您說蝦腦麵的效力有多大。

火候拿捏恰到好處

因為東夥不合，廣西路小花園的老正興的幾把好手另開了一家大陸飯店，他家買賣後來居上，生意反而比老正興來得興旺。一個大蒜清炒去皮鱔背，鮮嫩腴脆，韌而不濡，火候真是恰到好處。炸排骨本來是一道極普通的菜，可是他家炸排骨雙吃，不管掛糖醋汁，還是撒椒鹽，因為肉選得精，火用得當，炸得金黃，絕不見油，而且保證不塞牙。臺灣臺中縣府所在地豐原，有一家本省館子叫醉鄉，炸出來的排骨，全臺有名，美近似之。

牛莊路的天香樓，原來是徽館底子，後來添上寧紹菜。上海寧波同鄉會會長烏崖琴有一次特別請我去吃象牙菩魚，連菜名都向所未聞，自然欣然前往，品嘗一番。這種魚頭大身小，刺少肉嫩，腮努眼凸，是杭州七里塘特產清水魚的雋品。魚皮一剝就掉，配好蔥、蒜、薑、酒，下鍋生炒，魚肉的顏色白中透黃，跟象牙一個顏色，所以叫象牙菩魚。這種菜只有天香樓跟西湖的樓外樓會做，物以稀為貴，所以出名。天香樓既然是徽館底子，所以他家的鴨餛飩，仍舊用錫暖鍋上菜，到了三九天，江浙一帶雖少見雪，可是晚來冰霰初寒，也令人手足發僵，三五知己小酌之餘，來一客全份鴨餛飩，飽暖舒暢，真不輸於吃涮鍋子打邊爐呢。

民國二十年以後，住宅區越來越往滬西發展，大廈連雲，別墅處處。飲食業腦筋動得最快，以清湯鴨麵馳名蘇常一帶的崑山阿雙麵館，首先在拉都路開了一家分店。他家的拿手菜，一古腦兒都搬到上海來，什麼紅湯燻魚麵、薺菜蝦仁嫩豆腐、素炒杏邊筍，筍是生在銀杏樹旁的竹筍，是崑山特產，由崑山運來上海的。

一到八月中秋桂花香，就開始賣清湯鴨麵啦。據說阿雙家煮鴨子有獨門妙法，上海分店的老湯也是從崑山運來，至於怎樣的煮鴨子獨特手法，那是非常保密，不給外人知道。有人說他家有一種香料秘方，可以卻除鴨騷，增加香味，下香料的時間數量，當然都是有講究的。他家所用的鴨子也不在上海買，是在崑山四鄉養鴨人家預約訂購的。崑山地區溪流縱橫，水軟而柔，除開雛鴨時期，鴨子整天在清波綠水裡，捉捕魚蝦一類活食。崑山又是江南米倉，平日又都是米糠、豆皮一類有營養的飼料，到了七八月一割稻，把鴨子放在還沒翻地的水稻田裡，飽餐田裡餘粒，鴨子焉能不精壯健碩。他家鴨麵的特點是鴨肉酥而不糜、腴而能爽，有人稱讚阿雙館的清湯鴨麵，為中國美味之一，可算是知味之言。

無錫船菜馳名全國

蘇錫菜比較精細，只是甜味稍重。無錫菜館在上海要屬山景園，無錫是以船菜馳名全國，在山景園要吃船菜他家也能承應，不過不能放乎中流，臨風四顧，總覺情趣索然。其實他家的金錢雞、桂花栗子羹也都別具風味，尤其一隻叫花子雞，等雞煨熟，堂倌拿來當場往地一摔，真是炙香四溢，肉質嫩美，想不到叫花子對吃還真有一套呢。

淮揚是魚米之鄉，又是淮鹽集散地，當年極會享樂的皇帝老倌清高宗，又幾度臨幸揚州，所以揚州飲饌考究，是舉國聞名的。揚州飯館自然在上海也大行其道，老式飯館有老半齋、新半齋，新式的有精美、瘦西湖、綠楊邨。揚鎮都是最講究吃肴肉、干絲的，在上海自然吃不到什麼玉帶鉤、粉鴛鴦、天燈棒的肴肉，就是干絲也不過是拌、煮兩種，也沒有揚州富春花局、金魁園各式各樣名堂的干絲，只能說大致不差罷了。

至於一般菜式也不過蟹粉魚唇、荷葉粉蒸肉、蝦子燒大烏參、蘿蔔絲汆鯽魚等，味厚汁濃，令人大快朵頤。精美雖是新式食堂，可是他家的棗泥鍋餅、翡翠燒賣兩味甜品，一是鵝黃襯紫、酥脆香腴，一是碧玉溶漿、清馨芬郁，純粹邗江風味。瘦西湖的展翠穿雲（去骨的雞翅膀穿一片雲腿，據說是當年阮元在揚州教廚師做的）、糟煨雙掌（鵝掌、鴨掌），都是叫座的招牌菜。綠楊邨一到冬至就添上野鴨煲飯了，沙煲原盅，一掀鍋蓋，一陣飯菜熱香撲鼻，鮮厚酥潤，無與倫比。聽說野鴨香粳米，都是揚州運來。做野鴨飯的，也是一位鹽官的廚娘，每年冬季應聘到上海綠楊邨專門做野鴨飯，一到年底封灶，又回揚州過年，明年冬天再見矣。

揚州劖肉上乘

揚州最有名的菜是獅子頭，咱們叫獅子頭，人家本地人叫劖肉。雖然揚州劖肉不上酒席，可是這菜的講究可大了。

據說豬肉一定要選肋條，前後腿肉都不能用。肉要極有耐心切成小丁，略剁幾刀即可，這就是大家所知道的，做獅子頭要細切粗斬。外行人，把肉切好放在砧板上，拿兩把刀像擊鼓似的，運刀如雨，這就把肉的精華全剁跑了，剩下的都是肉的渣滓，所以有些美食專家，不吃千刀肉，就是這個道理。肉剁好，略用稀芡粉，撮成肉圓，最忌使用雞蛋白或者荸薺末，撮肉圓只要挼成略圓，不會散開就行，千萬不能用勁勒捏。然後用大青菜葉包起來，每一斤肉分成四隻六隻均可，過大過小都不相宜。最好用陶器燜缽，缽底先鋪上鑷淨毛根的肉皮，再放干貝、冬菇、毛豆、冬筍或春筍、青菜、風雞，再加薑、蔥、糖、酒，白燒加鹽，紅燒加醬油。真正吃家以白燒為上，因為紅燒的醬油，就是用揚州四美醬園的古法選製的秋抽（高級醬油），吃到後來，墊底的菜心，總帶點醬酸味。劖肉進缽也有訣竅，要平放缽面，不能重疊，否則老嫩不勻。陶製缽口，都不太嚴，蓋好缽蓋，要用濕布圍起，以免走氣。煨劖肉最好用大炭基，火力持久均勻，經過六到八小時，連缽上桌，這樣才是嫩香腴潤、油而不膩的獅子頭。至於後來有人做獅子頭想出新花樣，加上蟹粉，雖然增加了鮮的成分，可是蟹鮮奪味，原味不彰，實在不足為訓的。

有一年筆者到揚州參加一項會議，回程把揚州著名說評書的王少堂約到上海大中華書場來說《水滸》。王少堂在揚州說《水滸》，是無人不知，無人不曉的，他能把《水滸》上人物的特別造型，每一位好漢的穿裝打扮，聲音笑貌，說得絕不雷同，一張嘴就知是誰出場了。一季書說下來，倒也很剩了幾文，他臨走之前，一定要請我吃一次真正揚州劖肉。劖肉做好送到大中華飯店房間來吃，這是筆者所吃最地道的一頓劖肉，滑香鮮嫩，真是前所未嘗。後來才知道這份獅子頭是兩淮鹽運使衙門專做劖肉的一位廚娘的傑作，想不到最好的劖肉，不在揚州反而是在上海吃到的。

抗戰之前，上海雖然說輦輻雲集、五方雜處，但是終究以江浙人士為多，大家都不習慣辛辣，所以川、湘、雲、貴各省的飯館，在上海並不一定吃香。不像抗戰勝利之後，各省人士在大後方住久，習慣麻辣，還有後方生的川娃兒，沒有辣椒不吃飯，形成川、湘、雲、貴各省的飯館到處風行，變成一枝獨秀了。當時上海廣西路的蜀腴以粉蒸小籠出名，粉蒸肥腸、粉蒸牛肉，酒飯兩宜。葉楚傖先生當年在上海，良朋小酌，最喜歡上蜀腴，尤其欣賞他家的乾煸四季豆，蜀腴經過葉楚老的譽揚，生意就越做越火爆了。

成都小吃是有劉伶之癖的好去處，因為他家下酒的小菜式樣特別的多。林長民、林庚白兩位雖然都是隸籍福建，可都是成都小吃的常客。林長民常說，吃西菜最好是北平京漢食堂，一上小吃就是二三十樣，盡吃小吃，就夠飽了。要吃中餐最好是上海成都小吃，要他十個八個小碟，最後來碗紅油抄手，兩三個朋友小酌，塊把錢就可以酒足飯飽，昂然出門了。以上兩家川菜，都是以小吃為主，能夠承應酒席的，還有一家古益軒，他家布置高雅，設備堂皇，雅座裡四壁琳琅，都是時賢字畫，很有點北平春華樓的派頭。其實論酒席，並不怎麼高明，可是有幾道拿手菜，確實引人入勝。清燉牛鞭用砂鍋密封，小火細燉，蔥、薑、鹽、酒一概不放，純粹白燉。牛鞭燉到接近溶化，然後揭封上桌，羅列各種調味料，由貴客自行調配，原湯原味，所以醇厚濃香，腴不膩人。到了冬季，去古益軒的客人不論大宴小酌，大都要叫一道清燉牛鞭吃。

雲南名菜汽鍋雞

雲南菜的口味，雖然跟四川口味很相似，可是不像川菜之辣、之濃。雲南多山，所以蕈菌一類的東西特多。固然張家口外的口蘑，是提味中的極品，可是雲南羊肚菌、雞樅菌其鮮美也並不輸於口蘑。加上雲腿鮮腴又是名聞遐邇，所以雲南菜跟各省來比，應當列入上選的。當年上海也有個金碧園，他是因碧雞金馬而起的名字，跟臺北的金碧園是否一家，就不得而知了。

以大菜來說，汽鍋雞、豆豉魚都是別具風味的，這種汽鍋是陶土燒的，它的特點是鍋口嚴密，絕不漏氣，而且久燒不裂。雞是完全用水蒸氣蒸熟，湯清味正，當然郁香鮮美。臺灣工礦公司、金門陶瓷廠都仿製過，但其笨重易裂，氣不能嚴，因此沒能行銷開來。金碧園的頭廚聽說在聶雲台家做過，是滇廚裡一等高手，他家所用汽鍋，都是道道地地雲南土製，愣是從雲南帶到上海來的，他的汽鍋雞當然跟別家不同了。

還有一個下酒的菜，是干巴牛肉，選上好牛肉用秋抽、黃酒醃兩天晒乾，當然下作料、醃晒都是有竅門的，吃時切薄片油炸，愛吃酸甜的，加糖醋勾汁，也是雲南酒飯兩宜，一道獨有的小菜。

所謂過橋米線，現在臺北的雲南館都拿各式米線來號召，在上海金碧園雖然也有過橋米線，可是吃的人並不多。倒是破酥包子做法特別，包子外皮層多皮酥，大受一般吃客的歡迎。

至於現在雲南館的冷盆大薄片，雖然吃來爽脆不膩，可是當年的金碧園就沒有大薄片賣，聽說這個菜是李彌將軍家鄉下酒菜，因為在雲南，大薄片屬於莊戶菜（**鄉下粗菜**），不上酒席，所以從前的雲南館很少預備這樣菜的。

麥特赫司脫路是上海的住宅區，有一家湖北式的家庭飯館叫小圃。有一天跟做過武漢綏靖公署辦公廳主任的陳光組聊天，筆者說上海各省館子都有，可是想吃武昌謙記牛肉、湯糊豆絲就吃不到了。陳說：「謙記牛肉雖然吃不到，可是有一家湯糊豆絲還夠標準。現在打個電話讓他準備，明晚我找你去吃。」

這家飯館沒有門面，是一棟三樓三底石庫門住宅，門口雖然掛著漆有「小圃」兩個字的門燈，要不是熟人引領，誰也不會注意。女老闆是光組兄的學生，碰到她高興，也會親自下廚做兩樣湖北家常菜。

我們那天吃的是珍珠丸子、粉蒸子雞、魚雜豆腐、湯糊豆絲。魚雜豆腐本來是湖北的家常菜，可是魚雜要選得精，而且得用暴火，湯糊豆絲的豆絲，更是湖北省的特產。有人說山東龍口的粉絲，江蘇揚州的干絲，湖北武昌的豆絲，這三絲都具有地方性的特點，別處人仿製也仿不來的。小圃的湯糊豆絲當然風味絕佳，可惜只吃了兩次，老闆全家到法國定居，上海就很難再找到吃好湖北菜的地方了。

上海二仙居

上海的山東館（上海人叫北平館）最差勁。堂口兒的夥計，十個人裡也挑不出一、兩個真正說國語的，大半都是河北各縣，或者別的省分人撇京腔說官話，一張嘴先讓人打冷顫。桌上老是鋪塊紅色枱布，說乾不乾，說濕不濕，外帶著一股油腔子味。北平老鄉懶得去照顧，外省人自然去得更少了。別省館子日新月異，花樣翻新，只有北方館墨守成規，一絲不變，所以上海在飲食業全盛時期，也不過就是大雅樓、萬壽山、頤和園三四家撐撐場面而已。

倒是石門路有個教門館叫二仙居的非常叫座，不但平津坐莊的老客跟北方到上海來唱戲的梨園行朋友，都愛去二仙居喝兩盅，就是江南江北的朋友，有時候想換換口味，去的人也不少。二仙居的掌櫃，叫劉文濂，是從北平同和軒約去的，黃燜羊肉條、炸烹蝦段、鍋燒雞，尤其是雞絲拉皮，粉皮也是自己動手做的，您帶句話兒，讓他削薄剁窄，端上來真是晶晶明潤，渾然似玉，真正是純粹北平味兒。比起臺灣的拉皮，真是一個天上，一個地下啦。

上海雖然南北中西林林總總飯館林立，可是像臺北圓環一類的小吃攤，也真有意想不到的美味。

長興酒店旁邊小弄堂原汁牛肉湯，每天只賣五十三加侖汽油桶兩桶，兩桶賣完，明天請早。肉嫩湯鮮，絕不續水，真有一清早從滬西趕來買牛肉湯的。

南陽橋菜市路有個小紹興，專賣雞粥、牛肉粥、田雞粥，他家的粥，跟廣東粥類做法不同。廣東粥是把魚片腰肚肝腸等粥料，用薑、蔥作料配好，用粥一滾起鍋，那是廣東所謂的碌粥。小紹興煮粥所用的米，一定是新米，絕對不用老米，不但濃稠適度、爽滑可口，而且稻香撲鼻，增加食慾。所有粥料都是等粥煮熟，再把魚肉配好調味料，熬至入味，然後起鍋，也就是廣東所謂煲粥。每天早市，可以說摩肩擦踵，真是應接不暇呢。

愛文義路美琪大戲院轉角，有一個專門賣大肉包的攤子，既非小籠，又非湯包。比天津狗不理的包子還大一號，麵發得白而且鬆，絕不黏牙，純粹肉餡，散而不滯，滷汁濃厚，適口充腸，從凌晨做到早上十點，大約兩千隻肉包賣完收市。吃客都是一排就是一條長龍，靜等新出籠熱包子。攤子旁邊，既沒桌子，也沒凳子，除非買回去吃，否則只有立而待食。後來有些友邦人士也嘗出滋味，加入人群等包子的也日見其多。

當年中南銀行總經理胡筆江，就是攤子上常客，時常路過下車吃幾個包子，再行辦公。他認為淮城湯包美則美矣，惜乎稍嫌厚膩，倒是這個攤子上的包子濃淡相宜，而且吃過包子，絕不馬上口渴，可以說明他的包子是自來鮮，不是靠味精來調味的。這個攤子一直到抗戰勝利，生意都挺興旺，當然手上也賺了幾文。

牛尾湯汁濃味醇

八仙橋黃金大戲院附近，有個叫黃燈泡的小館子，是凡上海的老吃客，沒人不知道的。他家的牛尾湯，分帶皮子、去皮子兩種，每碗湯裡都有好多塊牛尾，汁濃味醇，牛尾酥而且爛，不像一般西餐館的牛尾湯似有若無的吊人胃口。炸雞腿、炸排骨金黃酥脆，配著義大利糊蒜麵包吃，可說是其味敻絕。

西摩路南洋新村弄口，有一個廣東阿施賣脆皮雲吞的，他的雲吞，不但皮子脆，餡兒也脆。吃到嘴裡爽脆適口，別有風味，可是我始終研究不出，他是怎麼做的。上海雕塑名家李金髮，對於阿施的脆皮雲吞特別欣賞，每到神思不屬、腕不從心的時候，就是到阿施那裡吃碗脆皮雲吞，然後拿起刀鑿，好像性靈大來，得心應手，攸往咸宜。江小鶼開李金髮的玩笑，說阿施的雲吞，是李金髮的靈感之源，李對小鶼說法也不否認。後來李的學生，都成了阿施的常客，全是找靈感去的，也算是藝壇一段佳話。

西餐館的拿手好菜

上海既然是國際商埠，歐美非澳各洲各國的仕女，凡是到中國來的，上海就變成大的集散地區。於是各式各樣的西餐館，也就應運而生。從前陰溝博士李祖發、美術大師江小鶼都是留法的美食專家，他們說華懋、滙中、百老滙，建築可都富麗堂皇，刀叉器皿更是奇裔璀璨，迷離耀彩，憑窗瀹茗，欣賞一下過往的行人，或者眺望黃埔的朝陽夕暉、流雲墜霧的景色，倒是絕妙場所，談到菜肴，可實在沒有什麼足以稱道的地方。至於都城、國際，環顧左右的綺袖丹裳、雲髻娥眉，的確繽紛馥郁、綽約多姿。逢到盛大筵宴，以至白色聖誕大菜，也不過是排場闊綽而已。只有靜安寺路的大華飯店（就是總統　蔣公跟夫人結婚的地方）廚房的主廚，一位是從馬賽重金禮聘，一位是羅馬名庖，做出來的法國菜、義大利菜都是超水準的。可惜這家飯店開了不久就忽然停歇，一部分改成美琪電影院啦。

上海有些場面不大、布置幽靜的中小型的西餐館，也各有各的拿手菜。像格羅布路碧羅飯店的鐵扒比目魚、起士煎小牛肉，可以說全上海西餐館都做不出來。霞飛路DDS咖啡固然芬芳濃郁，洋蔥檸檬汁串燒羊肉也非常著名。凡是北方梨園名角應約到上海登臺，跟常春恆、立恆有交情的，他們都請到DDS吃一頓串燒羊肉，讓京津老鄉嘗嘗外國烤肉滋味如何。北平唱武生的吳彥衡（老伶工吳彩霞的獨子），在梨園行是有名的大飯量，他到上海，常氏弟兄請吃DDS的串燒羊肉，一口氣吃了二十三串，您說驚人不驚人？也給DDS創下破天荒的紀錄。

靜安寺路愛儷園首右，有兩家德國飯店，一家叫大來，一家叫來喜，都是以賣丹麥原桶啤酒、德國黑啤酒出名的。在上海喝黑啤酒，差不多全是到來喜、大來兩家去。來喜掌櫃的是個肥佬，大來的是個肥婆。客人一進門，他們最歡迎客人跟他賭骰子，骰子是羊皮做的，有山核桃大小，賭法很簡單，兩隻骰子各擲一把，比點大小。客人贏了，白喝一大杯黑啤酒；客人輸了，喝酒給錢。所以這兩家飯店經常是座上客常滿，樽中酒不空。

這兩家都以鹽水豬腳出名，人家豬腳白碩瑩澈，收拾得一點兒毛根都沒有，用來配黑啤酒，確實別有風味。筆者最愛吃他們的紅菜頭雞肉粉紅色沙拉，上海名畫家吳湖帆也有同好，他說他們的沙拉如紅梅得雪、珊瑚凝霜，不愧是色香味三者俱全的下酒雋品也。

虹口有一家吉美飯店，後來因為營業鼎盛，在南京東路靠近外灘又開了家分店，店裡完全採取西歐鄉村小飯店布置，木質桌椅，一律白皮，不加油飾。客人一進門就有一種清樸脫俗、耳目一新的感覺。最奇怪的是他家的淨素西餐做得特別拿手，可見當時旅滬外僑茹素的人數一定也不少。

上海聞人，人稱關老爺炯之，是虔誠的佛教徒，上海功德林素菜館，就是關老爺大力支持的，有時功德林吃膩了，想換換口味，就到虹口吉美吃一頓素西餐。舍親李栩厂兄弟三人，自幼持齋，跟關老爺都是上海素食專家。有一天我們一同到吉美午飯，他們吃素西餐，我也捨葷而素，一客黃豆絨湯，一客芋泥做的炸板魚，營養豐富不說，不油不膩而且特別鮮美。後來筆者也成了吉美座上素食常客啦。

亞爾培路有一個純法國式叫紅房子的西餐館，他家的法國紅酒原盅炆子雞、羊肉捲餅、百合蒜泥焗鮮蛤蜊，都是只此一家的招牌菜。因為他家布置得絢麗柔美，而且幽靜無譁，所以上海名媛在交際場合鋒頭最健的像周淑蘋、陳皓明、殷明珠、傅文豪、唐瑛、盛三都是紅房子的常客。陳皓明是駐德大使陳蔗青的掌珠；周淑蘋是郵票大王周今覺的愛女，有一天兩人在跑馬廳賭馬師陳文楚香檳大賽能否入圍，結果陳皓明賭輸，賭注是凡是當晚在紅房子就餐的仕女，由輸家出資奉送紅酒原盅炆雞一份。筆者碰巧那天也在紅房子吃晚飯，獲贈炆雞一份，吃完付錢才知是陳皓明所贈，雅人雅謔，到現在想起來，還覺得美人之貽，其味醰醰呢。

南京路虞洽卿路口有一家晉隆飯店，雖然也是寧波廚師，跟一品香、大西洋，同屬於中國式的西菜，可是他家頭腦靈活，對於菜肴能夠花樣翻新，一道金必多濃湯，是拿魚翅雞蓉做的。上海獨多前清的遺老、遺少，舊式富商巨賈，吃這種西菜，當然比吃血淋淋的牛排對胃口。彼時上海花事尚在如火如荼，什麼花國總統肖紅，富春樓六孃小林黛玉正都紅得發紫，一般豪客吃西菜而又要叫堂差，那就都離不開晉隆飯店了。

到了大閘蟹上市，有一道時菜起士炸蟹蓋，把蟹蒸好，剔出膏肉，放在蟹蓋裡，撒上一層厚厚的起士粉，放進烤箱烤熟了吃，不但省了自己動手剝剔，而蟹的鮮味完全保持，愛吃螃蟹的老饕，真可大快朵頤。最初西餐館只有白色洋醋，吃蟹而蘸白醋，實在大殺風景，於是晉隆茶房領班遇到會吃闊客，就奉一特製私房高醋，說穿了不過是鎮江香醋，臨時擠點薑汁兌上而已。您想人家如此奉承顧客，您小帳能少給嗎？聽說晉隆的炸蟹蓋，是當年袁二公子寒雲親自指點，研究出來的。由此可見吃過見過的人，想出來花樣，畢竟不凡。

此外西摩路口飛達西點店的奶油栗子蛋糕鬆散不滯、香甜適口，跟北平擷英的奶油栗子粉，都是能夠令人回味的西點。赫德路電車站轉角，有一家愛的爾麵包房，每天下午茶時間出爐的雞派更是一批出爐就一搶而光的茶餘名點。

至於邁爾西愛路柏斯馨的白蘭地三層奶油蛋糕、海格路義大利總會的核桃椰子泥雪糕、永安公司七重天的七彩聖代、跑馬廳美心冰室奶泡冰淇淋都是馳譽全滬、膾炙人口的糕點冷飲。

勝利還都，筆者在上海曾經停留將近兩個月，正當大閘蟹上市，除了在老晉隆吃過一次炸蟹蓋外，其餘餐館飯店有的停歇改業，有的換了招牌。幾家寧紹幫的飯店，雖然仍舊勉強維持，但是叫幾個小菜，端上來也都似是而非。滬西幾家西餐館連房舍都找不著啦！以上所寫，都是四十年前滬江往事，全憑記憶，誤漏在所難免，希望邦人君子多加指正。

元瑜附啟

唐魯孫先生以前在《時報》登過一長稿叫做〈吃在北平〉，把北平的大飯莊以及小館子差不離一網打盡。曾有幾位讀者去函要跟他學手藝，也有一家臺北的大餐廳要請他當顧問。今天他又露了一手兒，把上海的中西餐館、西點，以及街頭的名攤販做了一個綜合報告。以北平人來說上海似乎出了範圍，好在上海十里洋場，各地的人全有。北平人如有漏述——勢所難免，更盼上海人來補充。我在唐公這篇洋洋灑灑的大文之後，添上幾句，不叫作「以附驥尾」，而是「狗尾續貂」。

熊掌及罕不拉怎麼吃

十月二十日顏元叔教授在「聯副」寫了一篇〈熊掌與罕不拉〉，緊跟著夏元瑜兄十月二十六日來了一篇〈熊掌與罕不拉考〉。鄙人向來貪吃嘴饞，在兩位教授之前，不敢說考，再考怕烤焦啦，只能把往事回憶一番，過過乾癮吧。

做過前熱河都統的一位世執姓奭名良，久在東北，所以對於東北的白魚冰蟹，以至於珍饈滋補的鹿胎、熊掌、蛤士蟆，怎樣選材、烹炙、進食，都有個研究。就拿熊掌來說，他說興安嶺、長白山都有狗熊（俗名黑瞎子），可是吃熊掌，一定要吃長白熊的熊掌。

雖然興安、長白到了隆冬，山裡氣溫都在零下二三十度，可是長白山在夏季蜜蜂特別多，所以出產蜂蜜，很奇怪，興安山裡就很難發現蜂窩了。黑熊習性最愛吃蜂蜜，長白山的蜜蜂窩，十之八九都築在倒臥地上的枯樹裡。黑熊偷蜜真有一手，皮粗肉厚，又不怕蜜蜂來螫，它在深秋把蜂蜜吃足了，然後藏在大樹窟窿裡冬蟄。黑熊能人立而行，前掌特別靈活，冬眠的時候，用一隻前掌抵住穀道，另一掌就專供舐吮，今年用左前掌，明年一定換右前掌，所以剖取熊掌烹調的時候，一定兩隻分鍋而燉。有人說以掌抵住穀道那一隻，燉好之後總帶點臭味，棄而不吃，這不過傳說揣測之詞，不足深信。不過一隻掌一冬不動，一隻掌天天舐之不停，唾液精華日夜浸潤，此掌肥腴厚潤是自然的了。書上記載，古人講究吃炙熊掌，大概炙法失傳，現在只有燉之一途。

當年新割的熊掌，不能立刻吃，至少要等到明年徹底乾透才能燉吃。收藏熊掌也有一套方法：首先，新割的熊掌不能見水，要用草紙或粗布把血水擦乾，之後預備大口瓷罈，先用石灰墊底，然後再鋪上厚厚的一層炒米，放下熊掌後四周用炒米塞嚴，上面再放石灰封口。擱上一年兩年，才能拿出洗淨烹調。

熊掌收拾乾淨後，要先抹上厚厚一層蜂蜜，在文火上煮個一小時，然後再把蜂蜜洗去，放好作料，一開始就用文火來燉，最好是用炭火，燉上三個小時，準保撲鼻香、開鍋爛。如果不先用蜜來燉，據說就是煨上三天三夜也沒法下筷子。

從前黑龍江督軍畢桂芳送了一對熊掌給中東鐵路局理事范其光，正趕上沈瑞麟接中東鐵路局督辦，范就約宋小濂等東北鐵路界名流陪客，請新任督辦吃熊掌。中東鐵路局的江廚子，也算是東北名庖，可是端上來的主菜紅煨熊掌用叉子按住，拿刀切都切不動，畫餅豈能充饑，未免大殺風景，大家只有吃點邊菜，嘗點熊掌汁來應應景兒啦。據說這道菜確實足足煨了一天一夜，尚且如此，大概就是沒有用蜜燉一下的緣故吧！

筆者在十二、三歲時，第一次開洋葷，吃過一回熊掌。事情是這樣的：趙次珊當清史館館長的時候，總纂是袁金鎧，有一天袁老忽然兩腿僵直，只能擦地而行。太醫院御醫張菊人說，吃熊掌可癒。在當時熊掌已經算是稀罕物了，幸虧趙次老知道同年瑞景蘇藏有熊掌，可是誰會做呀，後來打聽到厚德福有個廚子叫解寶峰，當年對於燉熊掌非常拿手，自從熊掌缺貨，厚德福雖有會做熊掌之名，但除非吃客自備熊掌，櫃上可以代做。像這樣的生意，一年難得碰上一兩次，所以解寶峰在櫃上可以算得上英雄無用武之地啦！這次小聚由瑞景老出熊掌，趙次老在厚德福請客，給袁老治腿疾。除了陪客瑞景蘇、奭良兩位，就是次老的胞侄趙世愚梅岑跟在下兩人。這份熊掌是用大海碗盛上桌，因為邊菜配料太多，所以一大海碗還盛不下。在下彼時年紀還小，只覺得熊掌腴潤，不像是吃豬牛蹄筋，而像是吃特厚的極品魚唇。大概是配料奪味，也沒覺出熊掌有什麼特具風味，但是熊掌裡的小條肌肉，誠如元瑜兄所說，不像雞筋，特別柔軟肥嫩可口。

熊掌一吃完，夥計馬上給每位遞上一個熱手巾擦嘴，因為熊掌膠質太多，要不趕快擦嘴，第二道菜上來，嘴就黏住張不開了。袁老吃了熊掌之後，兩腿僵直是否見點功效不得而知，但是在下總算吃過熊掌啦。

元瑜兄認為罕不拉可能就是蛤士螞，大概所猜八九不離十兒。當年江南名醫張簡齋、經方名醫陸仲安兩位都說過，鹿茸、鹿胎屬於熱補，熊掌、阿膠屬於溫補，燕窩、蛤士螞屬於清補。在東北富厚之家的老年人，多半是以鹿茸、人參進補，中年人男吃熊掌，女用阿膠。至於蛤士螞、燕窩既是清補之劑，所以不論男女老幼都可以吃。尤其是吉林一帶，春末夏初沼澤河溝，遍地俯拾皆是蛤士螞。吃蛤士螞並不稀奇，那是進了關擺在參茸莊裡賣，身價才高起來。您要是把蛤士螞拿雞湯或肉湯燉著喝，不但味美，而且強壯身體。如果再加上點江浙出產的蟶乾、淡菜同煮，據說對於年幼體弱，跟將要發身的男孩女孩補益更大呢。至於罕不拉究竟是不是蛤士螞，最好我們能早點回到東北，就知道是一而二，二而一的，還是兩個不同之物了。

曼谷的水果

曼谷水果的種類跟臺灣差不多，可是水分甜度都趕不上臺灣，只有椰子水是一枝獨秀，那是臺灣萬萬不及的。泰國的椰子果實並不碩大，可是椰汁之香、之甜，真是一口下肚冷香繞舌、甘沁心脾。泰國的椰子不但種類多，而且價錢比臺灣便宜不少，可是筆者旅泰期間不管到什麼地方去旅遊，只要有椰子汁，絕不飲用其他飲料。他們把椰子採下來，用極巧妙手法，把外面的綠皮削去，剩下的裡皮，跟去皮甘蔗一個顏色，把椰子形狀削成上豐下小圓筒形，就把椰子冰鎮起來，因為皮薄，冰得特別徹底，喝完椰子汁還可以吃嫩椰肉。回到臺灣，喝了臺灣椰子水，就想起泰國的椰子來了。

泰國的榴槤，前兩天本報同仁文南閣先生說：「泰國榴槤不好吃，最好吃的是新馬一帶出產。」不過就筆者所知，東南亞一帶，凡是產榴槤的國家，都認為泰國的榴槤最好。五月初間，在曼谷榴槤就上市了，當然價錢比一般水果來得貴，所以泰國民間有句俗諺說：「榴槤上市，就是當了褲子也要嘗嘗。」買榴槤一定要自己會挑選，如果讓賣的人給你挑，總有幾隻熟度不夠標準的。

第一次吃榴槤，總覺得有點臭烘烘的怪味，只要您有耐性吃下去，就覺得越吃越香，進而吃上癮了。據說榴槤營養成分特別高，很容易飽，吃多了連飯也不要吃了。南洋一帶有個傳說：只要能吃榴槤就能在當地安家立業，證之我們華僑個個愛吃榴槤，這個傳說可能不假。小婿在曼谷國泰航空公司供職，一到榴槤季節，不但新馬，甚至菲律賓、印尼都託他一筐一筐地帶，由此可證泰國榴槤的確出名。榴槤一下市，在曼谷還可以吃到榴槤糕、榴槤糖，雖然沒有鮮榴槤那麼好吃，但是也可以慰情，聊勝於無。

曼谷還有一種水果叫莽坤，有鴨梨大小，外皮是深紫色，打開來吃，味道介乎荔枝、龍眼之間，泰國人說榴槤是果中之王，莽坤是果中之后，可見他們是多麼珍視這兩種水果了。不過我很奇怪，榴槤說它有怪味，飛機上不能托運，至於莽坤一點氣味也沒有，可是臺北街頭始終未見芳蹤，那就奇怪了。

談酒

最近讀到有關喝酒的文章，一下子把我的酒癮勾上來啦。現在把我喝過的酒也寫點出來，請杜康同好加以指教。

中國的酒，大致說起來約分南酒、北酒兩大類，也可以說是南黃北白。大家都知道南酒的花雕、太雕、竹葉青、女兒紅，都是浙江紹興府屬一帶出產。可是您在紹興一帶，倒不一定能喝到好紹興酒，這就是所謂出處不如聚處啦。打算喝上好的紹興酒，要到北平或者是廣州，那才能嘗到香郁清醇的好酒，陶然一醉呢。

紹酒在產地做酒胚子的時候，就分成京莊、廣莊，京莊銷北平，廣莊銷廣州，兩處一富一貴，全是路途遙遠，舟車輾轉，搖來晃去的。紹酒最怕動盪，搖晃得太厲害，酒就混濁變酸，所以運銷京莊、廣莊的酒，都是精工特製，不容易變質的酒中極品。

早年在仕宦人家，只要是嗜好杯中物，差不多家裡都存著幾罎子佳釀。平常請客全是釀酒莊送酒來喝，遇到請的客人有真正會品酒的酒友時，合計一下人數銷酒量，夠上這一餐能把一罎酒喝光的時候，才捨得開整罎子酒來待客。因為如果一頓喝不光，剩下的酒一隔夜，酒一發酸，糟香盡失，就全糟蹋啦。紹酒還有一樣，最怕太陽晒，太陽晒過的酒，自然溫度增加，不但加速變酸，而且顏色加重。您到上海的高長興，北平的長盛、同寶泰之類的大酒店去看，櫃上窖裡一罎子一罎子都泥頭固封的酒瓶裝的太雕、花雕，全是現裝現賣，很少有老早裝瓶，等主顧上門的。

北平雖然不出產紹興酒，凡是正式宴客，還差不多都是拿紹興酒待客。您如果在飯館訂整桌席面請客，菜碼一定規，堂倌可就問您酒預備幾毛的啦。茶房一出去，不一會兒堂倌捧著一盤子酒進來，滿盤子都是白瓷荸薺扁的小酒盅，讓您先嘗。您說喝八毛的吧，嘗完了一翻酒盅，酒盅底下果然畫著八毛的碼子，那今天的菜不但灶上得用頭廚特別加工，就是堂倌也伺候得周到殷勤，絲毫不能大意。一方面佩服您是吃客，再一層真正的吃客，是飯館子的最好主顧，一定要拉住。假如您嘗酒的時候說，今天喝四毛的，嘗完一翻酒盅，號的是一毛或一塊二的，那人家立刻知道您是真利巴假行家，今天頭廚不會來給您這桌菜掌勺，就連堂倌的招呼，也跟著稀鬆平常啦。

喝紹興酒講年份，也就是臺灣所謂陳年紹興，自然是越陳越好。以北平來說，到了民國二十年左右，各大酒莊行號的陳紹，差不多都讓人搜羅殆盡，沒什麼存項。就拿頂老的酒店柳泉居來說吧，在盧溝橋事變之前，已經拿不出百年以上的好酒，倒是金融界像大陸銀行的談丹崖、鹽業銀行的岳乾齋，那些講究喝酒的人，家裡總還有點老酒存著。以清代度支部司官傅夢岩來講，他家窖藏就有一罈一百五十斤裝，明朝泰昌年間，由紹興府進呈的御用特製貢酒，據說此酒已成琥珀色酒膏，晶瑩耀彩，中人欲醉。

王克敏是傅夢老的門生，聽說師門有此稀世佳釀，於是費了好一番唇舌，才跟老師要了像溏心松花那麼大小一塊酒膏。這種酒膏要先放在特大的酒海（**能盛三十斤酒的大瓷碗**）裡，用二十年的陳紹十斤沖調，用竹片刀盡量攪和之後，把浮起的沫子完全打掉，再加上十斤新酒，再攪打一遍，大家才能開懷暢飲。否則濃度太高，就是海量也是進口就醉，而且一醉能夠幾天不醒。至於這種酒的滋味如何呢，據喝過的人說，甭說喝，就是坐在席面上聞聞，已覺糟香盈室，心胸舒暢啦。

雖然說出處不如聚處，產地不容易喝到好紹酒，可是杭州西湖碧梧軒的竹葉青，倒是別有風味（所說的竹葉青，是紹酒底子的竹葉青，不是臺灣名產，以高粱做底子的竹葉青）。碧梧軒的竹葉青，淺黃泛綠，入口醇郁，真如同酒仙李白說的有濯魄冰壺的感受。碧梧軒的酒壺，有一斤的，有半斤的。到碧梧軒的酒客，都知道喝空一壺，就把空壺往地下一擲，酒壺是越扔越凹，酒是越盛越少，飲者一擲快意，櫃上也瞧著開心。此情此景，我想凡是在碧梧軒喝過酒的朋友，大概都還記得，當年自己逸興遄飛、豪爽雋絕的情景吧。

酒友湊在一塊兒，除了興來彼此鬥鬥酒之外，十有八九總要聊聊自己所見最大酒量的朋友。民國二十年筆者于役武漢，曾加入當地陶然雅集酒會，這個酒會是漢口商會會長陳經畬發起主持的。有一次在市商會舉行酒會，筵開三桌，歡迎上海來的潘永虞酒友。當天參加的客人，酒量最淺的恐怕也有五斤左右的量，當時正好農曆臘八，大家都穿著皮袍。潘君年近花甲，可是神采非常健朗，不但量雅，而且健談，大家輪流敬酒，不管是大杯小盞，人家是來者不拒。一頓飯吃了三個小時，客人由三桌併成一桌，其他的人大半玉山頹倒，要不就是逃席開溜。再看潘虞老言笑燕燕，飲啜依然，既未起身入廁，也沒寬衣擦汗，酒席散後，我們估計此老大概有五十斤酒下肚。彼時筆者年輕好奇，喝五十斤不算頂稀奇，可是潘虞老的酒銷到哪兒去了呢？非要請陳會長打聽清楚不可。過了幾天陳經畲果然來給我回話，他說潘老起先吞吞吐吐，不肯直說，經他再三懇求，潘說當天酒筵散後，真是舉步維艱，回到旅舍，在浴室裡，從棉袴上足足擰出有二十多斤酒，原來此老出酒，是在兩條腿上。那天幸虧是冬季，假如是夏天，他座位四周，豈不是一片汪洋，匯成酒海了嗎？

說了半天南酒，現在該談談北酒白乾啦。北方各省大都出產高粱，所以在窮鄉僻壤陋巷出好酒的原則下，碰巧真能喝到意想不到的淨流二鍋頭。以我喝過的白酒，山西汾酒、陝西鳳翔酒、江蘇宿遷酒、北平海淀蓮花白、四川瀘州綿竹大麴，可以說各有所長，讓癮君子隨時都能回味酖酖不同的麯香。不過以筆者個人所喝過的白酒來說，仍然要算貴州的茅台酒佔第一位。

在前清，貴州屬於不產鹽的省分，所有貴州的食鹽，都是由川鹽接濟，可是運銷川鹽都操在晉、陝兩省人的手裡。他們是習慣於喝白酒的，讓他們喝貴州土造的燒酒，那簡直沒法下嚥，而且過不了酒癮。他們發現貴州仁懷縣赤水河支流有條小河，在茅台村楊柳灣，水質清冽，宜於釀酒。鹽商錢來得容易，花得更痛快，於是把家鄉造酒的老師傅請到貴州，連山陝頂好的酒麴子也帶來，於是就在楊柳灣設廠造起酒來。這幾位山陝造酒名家苦心孤詣，不知道經過多少次的細心研究，最後製出來的酒，不但有股子清香帶甜，而且辣不刺喉，比貴州土造的酒，那簡直強得太多啦。

後來越研究越精，出來一種回沙茅台酒。先在地面挖坑，拿碎石塊打底，四面砌好，再用糯米碾碎，熬成米漿，拌上極細河沙，把石隙溜縫鋪平，最後才把新酒灌到窖裡，封藏一年到兩年，當然越陳越好喝。這種酒經過河沙浸吸，火氣全消。所以真正極品茅台只要一開罐，滿屋裡都洋溢著一種甘冽的柔香，論酒質不但晶瑩似雪，其味則清醇沉湛，讓人立刻產生提神醒腦的感覺。酒一進嘴，如啜秋露，一股暖流沁達心脾，真是入口不辣而甘，進喉不燥而潤，醉不索飲，更絕無酒氣上頭的毛病。從此貴州茅台成了西南名酒，又參加巴拿馬萬國博覽會賽會，得過特優獎銀盃，更一躍而為中外馳名的佳釀。

直到川、滇、黔各省軍閥割據，互爭地盤，茅台地區被軍閥你來我往，打了多少年爛仗，一般老百姓想喝好酒，那真是戛戛乎其難。民國二十三年，武漢綏靖主任何雪竹先生奉命入川說降劉湘，劉送了何雪公一批上選回沙茅台酒。酒用粗陶瓦罐包裝，罐口一律用桑皮紙固封。帶回漢口，因為酒質醇冽，封口不夠嚴密，一罐酒差不多都揮發得剩了半罐。當時武漢黨政大員都是喝慣花雕的，對於白酒毫無興趣，對於這種土頭土腦的酒罐子，看著更不順眼，誰都不要。所剩十多罐酒，何雪公一古腦兒都給了我啦，到此聞名已久的真正回沙茅台酒，這才痛痛快快地喝足一頓。從此凡是遇到喝好白酒的場合，茅台酒醰醰之味彷彿立刻湧上舌本，多麼好的白酒，也沒法跟回沙茅台相比的。

等到吳達詮先生入黔主政，遇到知酒的友好，也會送兩瓶茅台酒嘗嘗。雖然是老窖回沙茅台，可是那些老窖，經過軍閥們竭澤而漁地出酒，舊少新多，火氣還未全消，酒一進口，就能覺出已經沒有當年純柔馥郁、令人陶然忘我的風味了。

民國三十五年來臺灣後，偶或有人帶幾瓶貴州的茅台酒來，說是真正的賴茅。其實所謂「賴茅」是「賴毛」的諧音，也就是俏皮這酒是次貨，不明就裡的人反而以訛傳訛，把這種酒當真材實貨來誇耀。可見古往今來，有些事情年深日久，真的能變成假的，而假的反而變成真的。酒雖小道，何獨不然。

據我個人品評白酒的等次，山西汾酒是僅次於茅台的白酒，入口凝芳，酒不上頭。不過汾酒很奇怪，在山西當地喝，顯不出有多好來，可是汾酒一出山西省境，跟別處白酒一比，自然卓越不群。如果您先來口汾酒，然後再喝別的酒，就是頂好的二鍋頭，也覺得帶有水氣，喝不起勁來啦！

北平同仁堂樂家藥鋪，有一種酒叫綠茵陳，這種酒綠蟻沉碧，跟法國的薄荷酒一樣的翠綠可愛。酒是用白乾加綠茵陳泡出來的。燕北春遲，初春剛一解凍，有一種野草叫蒿子的，就滋出嫩芽兒，北平人認為正月是茵陳，二月就是蒿子。綠茵陳酒不但夏天卻暑，而且殺水去濕。一交立夏，北平講究喝酒的朋友，因為黃酒助濕，就改喝白乾。一個伏天總要喝上三五回綠茵陳酒，說是交秋之後可以不鬧腳氣呢。

從前梅蘭芳在北平的時候，常跟齊如老下小館，蘭芳最愛吃陝西巷恩承居的素炒豌豆苗，齊如老必叫櫃上到同仁堂打四兩綠茵陳來，邊吃邊喝。詩人黃秋岳說，名菜配名酒，可稱翡翠雙絕，雅人吐屬畢竟不凡。現在在臺灣甭說喝過綠茵陳的，就是這個名詞，恐怕聽說過的也不太多啦。可是如果您在北平喝過同仁堂的綠茵陳，現在一提起來，您會不會覺得香湧舌本，其味無窮呢？

還有北平京西海淀的蓮花白，也是白酒裡一絕。依據清華大學校長周寄梅先生說，蓮花白是清末名士寶竹坡發明的，寶氏鑑於魏時鄭公慤曾經拿荷葉盛酒，用荷梗當吸管來啜酒，叫做碧筒杯。他沒事就跟船娘如夫人在江山船上飲酒取樂，有一天靈機一動，讓中藥鋪照吊各種藥露方法，用白酒把白蓮花一齊吊出露來喝，果然吊出來的露酒，真是荷香芯芯，濃馥沉浸，能夠讓人神清氣爽。當時一般騷人墨客群起效尤。海淀一帶，處處荷塘，由於源出玉泉，荷花特別壯碩，所以製酒更佳。晚清時代名士們詩酒雅集，也就把蓮花白列入飲君子的酒譜啦，香遠益清，海淀的蓮花白，確實當之無愧。

關外長春、瀋陽一帶，冬季氣溫太低，朔風砭骨。每天吃早點，都準備一種糊米酒，原料是秫米、黃米合釀，顏色赤褐。用薄砂吊子，架在紅泥小火爐上燉著，隨喝隨往裡加糖續酒，糟香冉冉，滿屋溫馨，幾杯下肚，胃暖腸舒，全身血脈通暢。儘管屋外風颳得像小刀子刺臉，可是有酒在肚，挺身出屋，對於外邊的酷冷，也就毫不含糊。這種酒到了冬天，在東北來說，用處可大啦！

咱們中國地大物博，哪一省哪一縣都有意想不到的好酒，上面所寫的也不過是我所喝過的幾種認為值得一提的好酒而已。還有若干好酒，只聞其名而沒喝過，此時暫且不談。現在再把我所看見過的酒器寫點出來。

中國人從古到今，上至王侯將相，下至販夫走卒，喝酒都講究情調，總要找個雅致舒服地方來喝，像平劇《打漁殺家》裡的蕭恩也要把小舟繫在柳蔭之下，一邊涼爽，一邊呷兩盅兒。至於豪門巨富，凡事都要踵事增華，喝酒既然是講情趣，所以他們喝酒的方法，所用的酒具，也就非我們現代人所能想得到的啦。抗戰之前，河北南宮郭世五先生是中國著名的藏瓷家，他所藏歷代名瓷，可以說是精細博雅，他曾經寫了一本《瓷譜》行世。冀東事變發生，平津局勢日漸惡化，他恐怕畢生心血淪入日寇之手，於是打算把藏瓷裡的神品運到美國去展覽，然後暫時就先庋藏國外。他把一切出國手續全部委託通濟隆公司辦理，通濟隆的經理平桂森是我的同窗好友，於是有機會到郭府觀賞一番。

有關酒器的珍品，一共看了三件。一件是棕褐色宋瓷酒櫃（據說宋朝有一種推車子沿街賣酒的。咱不懂考據，大概《水滸傳》有一段劫生辰綱買酒喝的情形，可能類似），櫃是橢圓形，六寸多高，八寸來長，中央下方有一小孔出酒，不用時有一瓷塞子堵住。色澤瑠玭古拙，隱泛寶光，其形狀跟北平當年挑水三哥所推的獨輪車上的水櫃完全一樣，不過水櫃是一分為兩個出水口而已。至於酒櫃的車架，郭老特別鄭重聲明，是經過多年苦心搜求而得的明朝雕紅精品。車上的輗軏輒軫，各項什件，不但是鏤金鑿花，而且紋理細微，古趣盎然。據郭老說這件酒器，是仿照宋朝元符年間所用酒櫃，縮小燒製，本來是內庫珍玩，流傳到現在，可以說是件寶器啦！最難得的是郭老費盡九牛二虎之力，跟闓侯陳家用正統官窯一對小獅子，才換來的那座鏤金雕紅酒櫃車架。雖然車架是景泰年間所製，可是高低、寬窄尺寸都跟酒櫃配合得天衣無縫，如同天造地設的一樣，所以才特別名貴。以一對明瓷小獅子換一具車架，當然是一記竹槓，可是當郭老把酒櫃架在車上摩挲把玩的時候，認為這記竹槓換得太值得啦！

第二件看的是鰲山承露盤，盤子是不規則圓形，長寬約方一尺七寸，鰲山高一尺七寸，跟盤子成一整體。山心中空，山呈青綠顏色，濃淡有致。山頂有一茅亭，等於瓶蓋，可以挪開，以便由此灌酒，山腹可以貯酒斤半。山前有奶白色華表，約八寸高，圓徑三寸。華表四周有高低不一的六個小孔，圍著華表，可放六隻酒杯。等酒灌滿，把茅亭復位，華表上六個小孔就往外噴酒。等六杯酒都倒滿，酒就自動停止外射，再把六隻空杯環列整齊，華表又再出酒。六杯缺一，滴酒不出。

郭老說，這件酒器是晚明產品，用來賭酒的酒器，他是用四件心愛古瓷才換來的。郭老從清人《玩芳漫錄》查出這套瓷器是磁州（古時磁州出產好瓷，所以才叫磁州。瓷器，也作磁器）一位窯主設計燒製的，當時想把華表上的酒孔改成十個，正好一桌。可是燒來改去，始終沒能成功，而這位窯主人也就因此傾家蕩產，郭老所藏就是當年未毀樣品之一。這件酒器令人最不可解的，就是為什麼六個杯子排齊，華表才能噴酒，酒未滿杯，如果拿開一隻，也立刻停止噴酒。究竟是什麼原理，我曾經請教幾位有名的物理學家，他們也悟不出其中究竟是點什麼奧妙呢！

再有一件是一座瓷製酒橋，也是鬥酒時所用的酒器。橋頂高一尺，橋長三尺八寸，橋寬五寸半，橋中拱洞高可容納貯酒一斤的酒海（郭氏藏瓷一律製有頂、底、正、側幻燈片，並都註有尺寸大小），橋左右各有十磴，每磴可放三兩裝酒碗一隻。另外附有瓷製琴桌一張，把人分成兩組，互相猜拳鬥酒，最後哪一方輸拳，由輸方各人，從橋下酒海掏酒喝。酒海剩下的酒，由輸方主持一飲而盡。全套瓷橋碗桌，都是白地青花，式樣古樸敦實，讓人一看就覺得渾脫天然，不類清朝製品。據郭老考證所得，在他所著的《瓷譜》上記載，這套酒器是元朝至順年間一位督理燒瓷窯大官，別出心裁，特地燒來自用的。談到歷代瓷史，明朝白地青花之大為流行，實在是元朝至順時偶然燒成幾件白地青花所引起，蛻變而來的，想不到反而成了明朝特殊的名瓷。

照郭氏所藏瓷製酒器來看，宋元明清以來，文人雅士喝酒，大都想盡方法，來提高喝酒的情調。不像現在一些酒豪，一旦相逢酒筵間，剛剛擺上冷盤，就迫不及待，相互乾杯鬥酒，上不了兩個大菜，已經醉眼模糊，舌頭都短啦。那要是比起昔賢喝酒的風流蘊藉，焉能不讓人興今不如古之歎。

閒話「香檳酒」

現在的臺北已然躋身世界大都市之一，國際交往頻繁，觥籌交錯，喝香檳酒的機會也就增多，現在我就把所知道有關香檳酒的種種拿來談談吧。

法國是以產葡萄出名的，而香檳酒的主要原料就是葡萄，所以香檳酒以法國產的最出名；而法國的香檳酒，又以香檳區釀造出來的香檳酒更好喝、更夠味。法國主要生產香檳酒的地方一共有三處，是「梨姆司」、「厄培爾」、「沙龍」，而這三個地區形成三角地帶，法國就叫它香檳區。

法國香檳區出產葡萄，跟我們中國大宛出產馬牙葡萄，都是久著盛譽，馳名國際的。當羅馬凱撒大帝打敗法蘭西，他的遠征軍統治法國全境的時候，在馬爾納河堤兩岸的葡萄園，一天比一天擴展增多。到了羅馬陶西田大帝時代，突然下令嚴禁法國民間再種植葡萄，並且派有專人在香檳區巡查，管制更為嚴密。據說陶西田大帝鑑於遠征軍外戍太久，無論長官士兵，都對法國的香檳迷戀上癮，十之八九都變成酒鬼，不但喪失了鬥志，整天嘴離不開瓶子，哪還能保疆衛土。羅馬佔領法蘭西，原來是要法國農民大量種植米穀，以便予取予求，盡量榨取，供應羅馬軍糈民食的，如果田間大量種植葡萄，豈不減少了糧食的供應？再拿酒的品質來說，法國酒的色香味自然比羅馬高明，長此下去一定會把羅馬製酒業打垮，只有控制原料，永絕後患。可是事過境遷，又過了兩個世紀，羅馬到了波羅波斯大帝當政時期，不知道怎麼一下子心血來潮，又命令羅馬遠征軍，在法國香檳區沙龍一帶恢復種植葡萄，把從前禁種命令完全撤銷。

後來法國天主教會因為彌撒典禮中要用純葡萄酒的關係，自行種植葡萄。想不到所種的葡萄釀出來的酒，不但顏色澄明，而且酒味特別芳洌，教會的土地又遍及法國全境，再加上教會一部分主教從育種到釀造，都指定專人潛心研究改良，經過教會提倡鼓吹，由葡萄汁釀造的香檳酒除了質地醇厚、適口芳香以外，更富營養價值，尤其在醫療方面，用處更廣。所以當時香檳酒在法國，簡直成了不可一世、唯我獨尊的酒類製品了，不過當時的香檳酒是拔去瓶塞沒有泡沫噴出的。一直到十八世紀以後，法國首先發明了有泡沫的香檳酒，這才漸漸的把不起泡沫的香檳酒淘汰了。據說有泡沫的香檳酒剛一問世的時候，法王為了敦睦邦交，知道德皇對香檳有狂熱的喜愛，特派專使送了若干箱起泡沫的香檳酒給德皇，德皇大樂之下，當著特使大開香檳，一聲清脆開瓶音響，跟著驚雷湧雪，馥郁淋漓，在逸興遄飛、酡然欲醉之下，有關兩國糾纏不清的國際問題，以及交涉公文、久懸未決的條約簽署，都在高舉香檳、氣韻沖和的歡笑聲裡，容容易易簽字訂約。所以有人說，這是法蘭西香檳外交贏來的勝利，由此看來，香檳酒的魔力有多麼大啦！

據說起泡沫的香檳酒，是法王路易十四時代，也是教會裡一位叫百西昂的司鐸在無意中所發明的。在當時歐洲各國，正在開始用木栓來做瓶塞（木栓即軟木塞），這位司鐸有一天打開一樽釀造好的葡萄酒，哪知酒還沒有發酵完全，於是把少數量的酒，灌在瓦瓶裡，用木栓重新塞住，葡萄酒在瓶裡再度發酵，等到後來再度開瓶，泡沫於是堆雲湧絮，奔騰四射而出，那就是現在大家所喝的有泡沫的香檳酒啦。

據一位法國釀造專家說，香醇柔美的香檳酒，原料葡萄的品種，一定要用黑、白兩種葡萄來釀造。黑葡萄是卑努娜阿爾品種，白葡萄是沙而多涅種，白的清醇涵秀，黑的濃烈甜香，如果只用白種，味道就覺得輕淡有餘，醇厚不足。所以釀酒的都是把兩者混合摻兌，可是在比例方面，就大有講究啦！同時就是同一品種，由於產區不同，甚至同一產區，種植地帶一在山之隈，一在水之涯，也都有其不同風味和特徵，那只有釀造專家才能分辨出來，一般酒客是沒法判別的。不過當年法國貴族中的美食專家們也有專用的香檳酒，特別指定純用黑葡萄，或者純用白葡萄釀造的香檳酒，因為輕淡的酒，適合在吃魚蝦鱗介等菜肴時飲用；而濃烈的酒，在吃肉類的菜肴時，是比較開胃去油的。

最早釀造香檳酒，是把葡萄摘下來，尤其是黑葡萄，趁果皮的細胞還沒有死，立刻壓榨取汁，果皮上的色素就不會溶到果汁裡去。葡萄雖然是黑的，可是果汁依然是白的，所以高級香檳酒全是明淨瑩澈無色的。筆者當年在漢口維多利亞飯店曾經喝過一次淺玫瑰色香檳，據主人說，這種香檳不易得到，異常名貴，我這個鄉巴佬當時的確被唬住啦。過了二十年，遇到一位香檳專家，特地向他請教，才知道用黑葡萄製果汁的時候，如果先把葡萄來一次加熱處理，果皮就有紅色素擠出來，釀造出來的香檳酒自然就帶粉紅色了。這種具有羅曼蒂克色彩的香檳只能在玩笑場合裡喝喝，真要是正式宴會，這種粉紅色香檳酒是不能登大雅之堂的。

同是香檳酒，可是品質優劣距離之大，真有霄壤之別，香檳酒的好壞，製造過程中，發酵關係最大。最初釀造香檳酒發酵，是用罈罐瓶缶一個個裝滿密封，讓酒慢慢發酵的。經過半年，就變成含有殘存糖分的淡甜酒，再把黑、白兩種，照自己秘方的比例，加以攪和，如果糖分不足，還要再加蜜糖固封，進行第二次發酵。此時容器的塞子，一定要特別堅實，而且塞蓋四周要用圓鐵片綁紮牢固，越不漏氣，越能增加對因發酵而產生的碳酸氣體的抵抗力。

就這樣再經過三年，然後選擇蔭暗的地方，把容器分別放在一種木材特製酒臺上，瓶口朝下，倒立起來，每天派專人在固定時間，以固定次數慢慢的旋轉，讓裡面的酵母渣滓，漸漸聚集在容器口上。然後在罈口裝上一具小型冷凍器，等容器上的渣滓凍成冰柱後，再把瓶塞打開，那時碳酸氣壓力充沛，立刻能把渣滓冰柱排擠出來，等冰柱擠出，容器裡一有空出位置，立刻用白蘭地酒填滿，再把瓶塞塞緊，綁上鐵絲，這樣一來，香檳酒發酵工作全部完成，可以放在窖裡，待價而沽了。

近幾年來，中東產油國家因賣油起家的暴發戶忽然增多，在中東喝香檳酒的風氣，也就一天比一天盛。香檳酒在供不應求的情形之下，有些不顧商譽的釀造商，於是異想天開，把葡萄酒和蜜糖加白蘭地，再灌注上碳酸氣，運往中東充銷供售。好在那些暴發的豪門巨富，目的在裝門面、擺排場、鬥富爭勝，管它什麼是釀造香檳，還是合成式的香檳，只要在燈紅酒綠、紙醉金迷的場合，當眾開香檳，「嗤砰」一聲，酒沫四濺，大家知道咱是有錢的闊客，也就心滿意足啦。至於真正對酒類有高度欣賞力的酒客，甭說釀造香檳、合成香檳，倒在酒杯裡一聞，立刻知道真假，就是英、西、法、義哪一國的產品，年分酒齡，淺嘗一口都能歷歷不爽的給您指出來呢。

關於香檳酒怎麼喝法，也是大有講究的。喝香檳酒一定要冰過，但是不能冰過了頭，一冰凍過頭，酒的香味就大打折扣。裝碎冰的小冰桶，所放的碎冰塊大小也要差不多，冰塊大小不勻，也會影響酒的風味。在小酒桶冰鎮，最好是半小時就拿出來，拿出時酒瓶要先倒過來，輕輕地搖晃兩下，讓瓶底瓶口的酒冷度混合劃一，然後拉開瓶子的金絲線，再拔瓶塞。拔瓶塞也要懂得手法，必須要慢慢轉動著拔，因為愈是陳年香檳，瓶塞愈易糟朽，如果瓶塞碎木落在瓶裡，或是斷在瓶口，這瓶酒就糟蹋啦。此外開瓶的時候，泡沫噴得太猛，酒也會跟著射出流失一部分，所以開瓶時，只要酒瓶稍稍傾斜一點，不致把泡沫濺人一身就成了。在正式大宴會中，自然有侍者開瓶倒酒，不勞我們煩心，可是朋友小敘，郊遊野餐，從冰酒、開瓶、倒酒都得親自動手，如果一點兒都不會，結果酒的損失不談，朋友一定笑我們是土包子的。

洋人喝酒，喝什麼酒，要用什麼杯子，都有一定之規的。就拿喝香檳酒杯來說吧，早先講究用細而高的杯子，因為細高酒杯，可以讓杯中泡沫保持堆集的時間延長，不易消散。可是有一點要特別注意，酒杯一定要擦得潔淨，如果沾上油膩，泡沫還是很快就消失的。近年來喝香檳又時興用矮而胖的酒杯啦，據說是一位巴黎香水專家研究出來的，他說用細而長的酒杯是看酒，用矮而胖的酒杯香檳的芳香才能盡量發揮出來，那是聞酒。對於感官來說，嗅官又勝於視官了，於是短粗大面積的酒杯，乃大行其道，這也算是喝香檳酒杯的一種演變。

最近有一位新從海外回國的朋友說，他在南非共和國喝過一次蘋果綠色的香檳酒。是否是香檳酒的變體，還是新發明的玩藝，恕咱孤陋，那就說不上是怎麼回事兒啦。

酒話連篇

人好飲酒，誠如《酒經》所說：大哉酒之於世也。

不分古今中外，人有兩大嗜好，一個是煙，一個是酒。酒比煙的歷史悠久，這是一般人公認的。可是人類從什麼時候知道喝酒？酒又是誰發明的？因為年深日久，且秦始皇焚書坑儒，有關酒的文獻已蕩然無存。酒的身世來源說者各異，也就難以據為定論了。

《酒譜》上記述：「天有酒星，酒之作也，與其天地並矣。」《戰國策》上記載：「昔者帝女令儀狄，作酒而美，進之禹，禹飲而甘之，遂疏儀狄，絕旨酒。」又有人說酒是杜康造出來的。總而言之，酒不管是誰研究發明的，一提到酒，古今中外，會喝酒的歷史人物大有人在，會釀酒的專家更是不乏其人。

十四種釀造酒

照《酒譜》上的說法，酒的歷史是與人類俱來的，有人就有酒了，從科學的觀點來推論，這種說法也不無理由。洪荒時代，地廣人稀，游牧生活除了獵捕各種野獸吃肉、喝奶之外，也就是摘野生的果子吃，游牧生活是不能在一個地方久住，而要跟著水草流動移居的。果子成熟是有季節性的，在果實盛產時期也許多收藏一點，一般水果外皮都附有天然野生酵母，奶類貯藏久了也會自然發酵。果類裡的糖分受了酵母的影響和奶類發酵時都會產生酯類芳香，一吃一喝，比新鮮的果實、奶類更為可口，且讓人有一種振奮舒暢的感覺，漸漸演變就成了酒。

元朝忽思慧著的《飲膳正要》上把酒分為十四種：「清者曰醥，清甜者曰酏，濁者曰醠，濁而微清者曰醆，厚者曰醇，重釀者曰酾，三重釀者曰酎，薄者曰醨，甜而一宿熟者曰醴，美者曰醑，苦者曰醇，紅者曰醍，綠者曰醽，白者曰醝。」這只是按著酒的顏色、風味、清濁、厚薄分出來的，嚴格講這十四種是釀造酒。如果拿製造的方法來分，中外古今造酒大致可分為四類。

最原始的製酒法

（一）釀造酒：酒裡所含的酒精是從澱粉質或者是含糖分的原料經過或發酵而產生的，這種酒含酒精成分都不高，最高也不過百分之二十左右。像啤酒、紹興酒等都是，如果喝得不過量，對於身體是有益處的。

（二）蒸餾酒：是把釀造酒或者釀造的酒糟加以蒸餾而成。這種酒的酒精含量最低也在百分之二十以上，最高有達百分之八九十的。像白乾、白蘭地、威士忌、伏特加等都是。酒量大的人非要喝這種烈性酒才能過癮，可是喝得不得當而過了量，那對身體是有害的。

（三）再製酒：又叫合成酒，是把釀造酒跟蒸餾酒混合調配，有的加上香料、色素、調味品、各種藥材，泡上相當時間或者再加工過濾而成的，像虎骨酒、五加皮、參茸酒等都是這一類。這種酒大半都是培元固本、強筋健骨、補肝生血的酒。也有人特別喜歡喝合成酒，像日本的清酒、臺灣的米酒、紅露酒也都屬於這一類。

（四）嚼酒：這可能是最原始的製酒方法了，不但中國古代曾經拿嚼酒的方法來釀酒，就是古代南美洲、琉球、日本跟南洋群島一帶也有用嚼酒待客的記載。中國史籍《隋書・靺鞨傳》更是清清楚楚寫明「嚼米為酒，飲之亦醉。」乾隆年間黃叔璥寫的《臺海使槎錄》上說：「未嫁番女口嚼糯米後，藏三日，略有酸味為麴，舂碎糯米和麴置甕中，數日發氣，取出攪水而飲，亦曰姑待酒。」由此看來，兩百多年以前在臺灣就有用嚼的方法釀酒待客了。

酒量是天生的

有人說：各人酒量大小是跟體型、輕重、性別有關係的。每一個人的酒量確實不同，不過軀幹修偉的男性的酒量並不一定就好，嬌小玲瓏的女性酒量也並不一定就差。喜歡酒的人說不定酒量反而差，沾酒就醉；不喜歡酒的人也可能酒量驚人。美國理化專家把酒醉深淺按照血液裡所含酒精程度，分成五個階段：（一）微醺期，（二）興奮期，（三）機能失控期，（四）意識不清期，（五）沉醉期。不管怎麼分析分段，總歸一句話：吸收緩慢、排泄快速的人，酒量就大；吸收快速、排泄緩慢的人，酒量就小。消化器官的吸收和腎臟的排泄，人各快慢不同，所以人的酒量也就大小不一了，與體型、輕重、性別是沒有關係的。

有的人越喝酒臉越紅，甚至連脖子都會紅得發紫；有的人越喝酒臉越發青，最後變成蒼白，一點血色都沒有；也有人時而發紅，時而變青。平常大家都認為喝酒臉青的人酒量好，其實也有喝酒臉變紅的人的酒量更好，所以喝了酒之後臉青臉紅跟酒量好壞也沒關係。酒後臉變紅是因為臉部血管擴張，血液充滿臉上皮下血管；酒後臉變青，那是交感神經表現出刺激情形，至於酒後臉時紅時青，那是交感神經和副交感神經相互排斥而起的作用，跟酒量的大小也扯不上關係的。

又有人說酒量是練出來的，天天喝酒的人酒量會越喝越大，其實天生量淺的人就是天天喝酒也練不出來。有的人本來酒量不錯，就是因為天天喝酒，反而酒量越來越小。一個人酒量大小要說跟遺傳有點關係倒還說得過去，因為父母的消化系統的吸收和排泄情況，多少都會遺傳一點給子女，父母酒量大，子女的酒量當然不會太差勁。至於天生就不是喝酒的材料，就是整天練也練不出來的。喝酒的人要是越喝量越淺，一杯也醉，一瓶也醉，那是肝臟有了毛病，肝裡不能照正常速度吸收酒裡所含的酒精了，最好是立刻戒酒，趕快找醫生治療，否則會有性命之憂的。

飲者八德

談到喝酒，中國人是最懂得酒的真趣，在喝酒的時候製造情調，培養酒趣，也就是說中國人最懂得喝酒的藝術。中國人喝酒大約可分下列幾種情形：

（一）在臨池、看書、讀經、撰文的時候，為了觸發靈感，啟迪心志，一杯在手，逸興遄飛，怡然自得，文思潮湧，這是獨酌。

（二）燈下晚餐，肴鮮酒美，天寒欲雪，跟素心人淺斟慢酌，興盡而止，這是淺酌。

（三）三五酒侶徜徉明山秀水之間，坐臥吟唱花前月下，旨酒名葩，無思無慮，其樂陶陶，這是雅酌。

（四）酒逢知己，互傾肝膽，豪情萬丈，意氣如雲，無拘無束，相見恨晚，酒到杯乾，興盡方休，這是豪飲。

（五）酒能遣憂，也能添愁。悲歡離合、喜怒哀樂，七情六慾隨興而來，任興而飲，不計後果，不醉無歸，這是狂飲。

（六）酒量似海，百杯不醉，棋逢對手，不斷乾杯，一斤也好，兩斤更妙，推杯換盞，最後連瓶一傾而下，這是驢飲。

（七）事事如意，愉快飛揚，巨觥劇飲，酒量逾常，有時憤恨愁怨，積鬱阻胸，但求一醉，以解愁煩，這是痛飲。

（八）壽慶喜宴，同坐良儔，猜拳行令，自然開懷，稱雄擺陣，不醉也醉，這叫暢飲。

把喝酒分成上述八類是明朝屠本峻分的，叫做「飲者八德」。不過見仁見智，各有不同分法，大致說來所分八德也還近理。

飲酒的禮儀

中國自古以來，酒是天之美祿，首先要敬事天地神祇，然後享祀祈福，成禮迓賓，射鄉之飲，鹿鳴之歌，合禮致情，順序而進的。就是飲酒也有規定的禮儀，一爵而色溫如，二爵而言言斯，三爵則沖然以退。喝酒用的酒杯最好的是古玉舊陶，再不然就是犀角瑪瑙，或者是當代細瓷。下酒小菜要有鮮蛤、糟蚶、醉蟹、羊羔、炙鵝、松子、杏仁、鮮筍、春韭等等。喝酒的場所最好是曲水流觴、棐几明窗、蒔花佳木、冬幄夏蔭、繡襦藤席。勸酒的玩具要有詩籌、羯鼓、紙牌、箭壺。侍酒的要明姬、小友、捷童、慧婢。飲酒有時候要吟詩作畫，應準備選毫、佳墨、吳箋、宋硯、蜀絹、徽紙來助雅興。酒要喝到淳淳泄泄，醍醐沆瀣，兀然而醉，熙熙融融，膏澤和風，悅爾而醒。酒可微醺，無致於亂。這些都是我們中華民族傳統喝酒的情調美德，豈不猗與盛哉？

我最近看到明朝馮化時著的《酒史》，把當時的佳釀寫了五十多種出來：山、陝一帶的酒有西京金漿醪，建章麻姑酒，鳳州清白酒，關中桑落酒，灞陵崔家酒，長安新豐酒，山西太原酒、蒲州酒、羊羔酒，汾州乾和酒，平陽襄陵酒，潞州珍珠紅。直、魯豫出的燕京內法酒，薊州薏仁酒，安城宜春酒，滎陽土窟春，相州碎玉酒。蘇、浙、皖的高郵五加皮，淮安苦蒸酒，華氏蕩口酒，江北擂酒，杭州梨花酒、秋露白，富平石凍春，處州金盤露，金華金華酒，蘭溪河清酒，淮南綠豆酒，池州池陽酒。湘鄂的黃州牙柴酒，宜城九醞酒，辰溪鉤藤酒。粵、桂、閩的嶺南瓊琯酒，傳羅桂醑酒，蒼梧寄生酒，汀州謝家紅，閩中霹靂春，顧氏三白酒。川、滇的酒有陴縣陴筒酒，劍南燒春，雲安麴米酒，梁州諸蔗酒，成都刺麻酒，廣南香蛇酒。新疆的西域葡萄酒，烏孫青田酒。內蒙的消腸酒。

紹興酒是不是名酒

這些酒不但名字很雅，有些酒甚至於連名字都沒聽說過。最奇怪的是流傳好幾世紀、馳譽中外的紹興酒反而榜上無名，是遺漏了，還是不夠資格列為名酒呢？那就莫測高深了。此外在明朝泰寮出產的扶南石榴酒、印度出產的西竺椰子酒、南洋一帶出產的南蠻檳榔酒也都列為名酒，可見當時喝酒風氣之盛，酒類搜羅之廣。比起現代一席盛筵，除了省產名酒之外，還要點綴幾瓶什麼紅牌、黑牌威士卡，拿破崙等洋酒，賓主才能盡歡盡興。誠如朱肱的《酒經》上所說：大哉酒之於世也。

為人肝醒酒湯敬覆仙翁先生

《時報・人間副刊》〈欲蓋彌彰集〉，開張駿發第一章，仙翁〈中西剮人術〉大作裡，提到一撥強盜要吃人肝醒酒湯，承仙翁先生不棄，問咱人肝醒酒湯的做法，順手還給咱戴上一頂帽子，說咱也許還知道哪家山寨做得最好。咱看完這篇文章，真是一則以喜，一則以懼。喜的是咱這個「饞人」可真出了名啦，連吃人肝醒酒湯都有人想到區區，豈不是一喜？懼的是清平世界朗朗乾坤，沒事跟滾馬強盜打交道，給你來個勾結江洋大盜的罪名，已經是吃不了兜著走啦，更何況在強盜圈子裡，還到處串門子，品評誰家人肝醒酒湯好，誰家的不及格，您說咱有幾個腦袋呀，豈不是一懼？好在咱跟二狼山既不沾親，跟青風寨又不帶故，而且去古已遠，人證、物證兩者均無，也就用不著提心吊膽，擔心害怕啦！

仙翁先生說，人肝醒酒湯，人心一汆就得吃個脆勁兒，咱沒吃過，可不敢亂蓋一通，所謂吃個脆勁兒，您要是沒嘗過鮮，猜想也是想當然耳。不過魯豫一帶的飯館遇到客人酩酊大醉，總是做一碗鮮魚醋椒湯來給客人醒酒，這跟人肝醒酒大概作用是差不離兒的。真正醒酒的是借那股子酸勁，人肝、鮮魚都不過是配搭罷了。

談到喝酒醉後喝醒酒湯、吃解酒藥，《飲膳正要》曾經說過，原詞咱已經背不出，不過大意是說：喝酒千萬別過量，可是也得喝到微醺才夠味兒，要是喝醉了，拿醒酒湯、解酒藥胡亂那麼一折騰，那豈不是大殺風景了嗎？真正爛醉如泥，什麼湯、什麼藥都不會有立竿見影的效果的，最好是別醉。由此看來大王爺大半都是大碗喝酒、大塊吃肉、豪放不羈的漢子，要醉也是爛醉如泥，能夠讓嘍囉們氽碗人肝醒酒湯來解酒，那是沒醉裝醉，逞逞威風、耍耍摽勁而已。

咱在年輕的時候，確實是個燕市酒徒，每到酒酣耳熱的時候，吃蔥吃蒜不吃薑，一下子勒不住韁繩，鬧個不醉無歸的時候倒也不少。咱有一部孫思邈的抄本《千金翼方》精髓，其中有幾種千杯不醉的丹方，還有一杯倒、醍醐樂等秘方。賣人肉包子的黑店，所謂海海的迷字兒（**蒙汗藥酒的江湖黑話**）可能就是《千金翼方》裡抄下來的，咱對那些丹方雖然頗有興趣，可是確沒有膽量來嘗試。終因醉酒的次數多了，讓咱悟出一個門道來，就是算定今天的應酬是鬧酒的場面，事前先來一碗雞蛋炒飯，最好再來上兩塊五花三層紅燜肉，等鬥起酒來，至少比平常酒量加上兩三成，這個方法既簡便，又不傷身體，而且還沒副作用。特別碰到急性子一上冷盤就先乾三大杯，等上頭菜舌頭已經半截的朋友，尤著特效。

咱有位老長官，雖然是北方人，可是在臺北政界裡，可列入喝紹興酒的一級高手，從來沒看他老人家醉過。有一天他在無意中洩露了喝酒不醉的秘密，他說無論如何別喝空心酒，在賭酒之前，一定要填補一下肚子，然後吞下十幾二十粒健素，因為健素的成分以酵素居多，酵素最能吸取酒精成分，所以喝酒就不容易醉啦。

仙翁先生您說這種未雨綢繆的辦法，豈不是比亡羊補牢的醒酒湯要略高一籌嗎？可有一樣您得記住，喝酒吃健素，僅限於黃酒紹興一類的釀造酒，你要是吃健素喝的是茅台、大麯、老白乾，或者是威士忌、白蘭地一類的烈性洋酒，咱們話可是說在前頭，管一送不管來回，您要是喇嘛（喝醉）了，可別說咱騙人不夠朋友。最後再告訴您一個秘訣，真喝醉了，您來一小碗高醋，也能提早醒酒。在大陸時候，在北方喝山西高醋，在南方喝鎮江米醋，臺灣兩者均無，您來上一碗東引香醋，效果也不錯。

談喝茶

現在政府正在大力宣導喝茶運動，說喝茶既能幫助消化，又能增加營養，不但有助於茶葉的開拓，且可省下若干買咖啡的外匯，一舉數得，何樂而不為。

敝人對於喝茶可以說得風氣之先，打從束髮授書，就鄙白開水而不喝。所以每天上書房念書，書僮就先把茶葉放在小茶壺裡，用開水沏好悶著，等上完生書，茶葉也悶出味兒來啦，不冷不熱正可口。所以不但養成喝茶的習慣，而且養成了喝釅茶的本事。假如今天晚飯吃得有點油膩了，來上兩碗又熱又釅的濃茶，不但消食化痰，到晚上腦袋一沾枕頭照樣呼呼大睡，絕對不會兩眼瞪著帳頂數綿羊。敝人雖有盧仝之癖，可是對於日本茶道覺得過分嚴肅，失去一個「逸」字。咱們粵、閩一帶的功夫茶，好則好矣，可是又覺得太麻煩，所以我對於茶敢說喝，不敢談品。因為愛喝茶的緣故，倒也喝了幾次難得的好茶。

四川藏園老人傅增湘，在北平算是藏書最多的珍本版本鑑定專家了，恰巧我買了一部明版的《性理大全》，請他去鑑定，他愣說是清朝版本仿刻。我這部書是玻璃廠來薰閣剛買的，於是打電話讓來薰閣老闆來傅宅研究研究，結果校對出我這部書有明成祖一篇大字序文，確定是明刻原版，一點也不假。反倒是傅老收藏的一部是書真序假，算是殘本，藏書家豈能收藏殘本。我因為買這本書是研究學問，真假版本對我來說都是毫無所謂，於是就把這部書跟傅老換，傅老大喜之下，約定三天之後在他家喝下午茶。

到期我準時前往，他已經把茶具準備妥當，宜興陶壺，一壺三盅，比平常所見約大一倍。炭爐上正在燒著水，書僮說，壺裡的水是早上才從玉泉山「天下第一泉」汲來的。傅老已拿出核桃大小顏色元黑的茶焦一塊，據說這是他家藏的一塊普洱茶，原先有大海碗大小，現在僅僅剩下一半多了。這是他先世在雲南做官時一位上司送的，大概茶齡已在百歲開外。據傅沅老說，西南出產的茗茶，沱茶、普洱都能久藏，可是沱茶存過五十年就風化，只有普洱，如果不受潮氣，反而可以久存，愈久愈香。等到沏好倒在杯子裡，顏色紫紅，瀲灩可愛，聞聞並沒有香味，可是喝到嘴裡不澀不苦，有一股醇正的茶香，久久不散。喝了這次好茶，才知道什麼是香留舌本，這算第一次喝到的好茶。

還有一次在揚州，跟幾個朋友逛徐園小金山，最後到了平山堂，因為沒有坐船，大家是騎驢而往，所以到了平山堂人人覺得口乾舌燥。同去的有位吳孝麗，是揚州出名研究陸羽《茶經》的專家，人家有一套茶具，連汲取泉水的竹吊子都齊全。同遊的時候看他肩上背了一隻錦囊，此時打開一看，是一隻雙套蓋的小錫罐，用竹勺取出不到一兩茶葉。看樣子，論葉形大小舒捲的情形，也就是雨前所採，而特別的是每片茶葉都隱泛白光，馨逸幽馥，馥而不烈。沒喝到嘴，倒也看不出這茶葉有什麼出奇的地方，等到悶好了往杯子裡倒，酌滿過杯口，茶水還不外溢，那是證明平山堂「天下第二泉」的泉水果然名不虛傳。等茶一進口，一縷說不出的似淡實濃的香味，直透心脾，可以說這種茶香，有生以來未曾得嘗。據孝麗說：這種茶產自四川高山峭壁，人難攀登，茶是猴子爬上去採的，所以叫做猴茶。他的舅兄在川經營茶葉，知道他講究喝茶，所以三、五年回趟家，就帶個二、三兩猴茶送他。這種茶在前清向來列為珍貴貢品，每年由四川總督歲時進貢，只能論兩，不能論斤進呈。這種茶不但能夠剋滯消水，而且功能明目清脾，這是我第二次喝到的好茶。

第三次喝好茶是在漢口漢潤里方穎初家。他存有極品黃山雲霧茶，儘管聽說他有好茶，可是朋友們誰也沒喝過。有一天星期例假休息，筆者清早到他家聊天，打算約他吃中飯、看電影。他說中法儲蓄會昨天開獎，我們先對對，如果運氣好，也許能夠中個千把塊錢，不料一對號碼，他猛古丁的跳起來了，他那份儲蓄單不但中獎，而且是一萬元的特獎。在民國二十來年的時候，一萬元可不是一個小數目，不但他歡欣若狂，我也跟著高興，兩個人門也不出了，讓大吉春送幾個菜來吃飯。按說中特獎應該喝點酒才夠意思，可是他說：「飯後我要請你喝點好茶，所以咱們吃飯不喝酒，一喝酒，待會兒就喝不出茶的滋味了。」他家是安徽省有名的大茶商，自然有精巧的茶具。等茶沏好斟到盅裡，他不讓我喝，讓我先看，也不知道是水蒸氣還是雲霧，在盅上七八寸的地方飄忽了好久才散開，再斟第二盅，仍舊是霧氣迷濛的，所謂真正雲霧茶，敝人算是大開眼界了。等兩盅茶喝完，他把壺蓋打開，指給我看，差不多有三分之一茶葉，仍然捲而未舒，根根挺立，我想這就是所謂「幾旗幾槍」了。茶進嘴有點兒苦苦的，可是後味又香又甜，我所喝過的好茶，算起來可能以此為最啦。

來到臺灣二十年，我就是喝最上等的雙薰茉莉香片，喝到嘴裡總覺得不大對勁。臺灣各公私機關，有的開會講究用咖啡，但遠不如香噴噴的茶好。

談煙斗與抽板煙

舍下雖然是煙酒世家，可是家規很嚴，男孩不到及冠授室之年，是不准抽煙喝酒的。筆者學校畢業，于役武漢，還是口不吸煙、酒不沾唇的。黃河流域生長的人，乍到長江流域的城市，不服水土，那是免不了的。可是漢口這個地方，可也真怪，三九雖然不下雪，一到颳西北風就下小冰珠，就是《詩經》上所說「如彼雨雪，先集維霰」的「霰」。穿著皮袍，坐在四面透風的屋裡，就是炭盆裡火焰熊熊，也老是覺得寒氣襲得難受。到了夏天，可就更難熬啦，白天不說，到了傍晚兒，滾滾江流，蒸鬱溽熱，第一紗廠的煙筒在月光映照之下，像一條銀色的玉柱直射斗牛。怕熱的人除了到各大旅館的屋頂花園品茗納涼之外，只有花上十毛小洋，雇一輛敞篷馬車，在江漢關沿江一帶的馬路上兜兜風打個盹兒，不到天快亮，您是別想能真正睡會兒覺的。

在這種嚴寒酷熱氣候之下，外頭鬧霍亂，我就得瀉幾天肚子，市面上有流行性感冒，我也得鼻涕眼淚流個十來天。筆者有位好朋友劉學真，德國醫學博士，是武漢紅牌西醫，給我仔細一檢查，發現五臟六腑過分純潔，經不起一點外邪，完全失去了抵抗力，只要有流行病，我就得響應一番。診斷結果，送了我一磅罐裝褐色藥粉，一隻三B煙斗，每餐飯後抽一斗，等一磅藥抽完，我再去取藥。他說買一磅煙味最淡的金牛牌煙絲來抽，以後就百邪不侵啦，果然自從叼上煙斗，真的什麼病痛也沒有了。所以筆者抽煙的歷史，是板煙開蒙，雪茄次之，最後才抽捲煙。捲煙雖然一枝接一枝的抽，上海人講話，「當伊勿介事」也。

劉大醫師不但醫術高明，他對於煙斗的鑑賞搜集也是專家。他有一間煙室，除了奇奇怪怪的煙斗、各式各樣的煙絲外，凡是有關煙斗、煙絲的報章、雜誌、專書一類的文獻，他是分門別類，網羅靡遺。這間煙室不是抽煙斗同志，等閒不得越雷池一步。

據說最早的煙斗，是先用燒瓷，然後再改用木質的。英國是抽煙斗的發源地，抽煙所用的煙斗，最初是黏土燒製的瓷斗，起先因為燒瓷的成本太高，一般人都沒有財力擁有一隻自用瓷斗。有的人是三幾位同好，出資合買一隻瓷斗公用。旅館的餐廳，為了招徠顧客，吸煙室裡有專人管理煙斗，把瓷斗租給客人吸用，按時間收費。如果有人買一隻新瓷斗，不但要大肆宣揚，足夠他顯擺一氣，甚至於還有藉此廣宴友好，表示闊綽的呢。

自從英國人發明用瓷煙斗抽煙，不多久這個風氣就傳入荷蘭了，荷蘭人不但大量仿造，甚至於假冒英國產品，還印上「Made in England」字樣。荷蘭燒瓷技術不比英國差，在魚目混珠、大量傾銷之下，本來價值高昂的瓷煙斗的價格就一落千丈了。英國瓷煙斗製造廠一看千載難逢的機會來了，於是四處製造空氣說，英國燒的瓷煙斗用久了之後，煙斗上會產生一層自然美麗的光澤，於是在英國各地，巧立各種名目舉辦瓷煙斗光彩比賽。這一下不要緊，投機的商人中吹噓抽他的煙絲，煙斗可以提早產生意想不到的色澤，同時越抽得多，煙斗上更呈現絢練敻絕的光彩。所訂的獎金又特別的高，抽煙斗的朋友為了讓自己的煙斗綝縭出眾，贏得高額獎金，真有人夜以繼日，除了吃喝睡覺，無時無刻不是一斗在握，不斷噴雲吐霧的猛抽。劉學真保存的一份舊雜誌上說，一位叫歐尼爾的畫家，一個月抽了七十九磅煙絲，愣是把性命犧牲了，此外因爭得獎金猛抽板煙而送了命的，恐怕還不只歐尼爾一個傻瓜呢。後來政府知道這是煙絲商人所用的推銷術，實在殘酷太不人道了，於是通令各地嚴厲禁止，從此瓷煙斗光澤比賽才沒有人懸獎舉行，這種比賽也成了歷史上的名詞。

到了十八世紀初期，法國人也開始燒製瓷煙斗。法國人凡事都要講求精緻高雅的，所以法國燒出來的煙斗後來居上，不但燒製得精巧，而且聘請雕刻名手，鏤出來珍禽異獸、奇花名葩，爭奇鬥勝。當時有位大詩人荷頓，甚至不惜重金把他逝去愛人的容像刻在煙斗上，這隻煙斗後來成了法國國家博物館的一件珍品，這也算煙斗史上一段佳話。

人有悲歡離合，月有陰晴圓缺，瓷煙斗風行了將近一世紀，盛極而衰，物極必反，漸漸由木質的煙斗起而代之了。木質煙斗開始普遍流行，直到現在也不過是一百多年。在瓷煙斗出鋒頭的時候，雖然也有木質煙斗了，不過當時大家都瘋狂似的迷戀瓷煙斗，對於其他質料的煙斗是不屑一顧的。等瓷煙斗大家都玩膩了，這才一窩蜂玩起木質煙斗來的。

木質煙斗因為木頭質料花樣繁多，便於攜帶，再加上價錢便宜，一大量生產，不多久就把瓷煙斗市場整個給打垮啦。現在在臺灣要找一隻瓷煙斗，固然是大海撈針莫法度，就是在歐洲幾個喜愛抽煙斗的國家，現在想買一隻瓷煙斗，恐怕也要到古董店才能尋摸到呢。

木材之中，可以做煙斗的有杜松、櫸木、花櫚、楓樹、櫻樹、憶木、橿木等等。帶皮的櫻木，到現在東歐國家裡仍舊非常受人歡迎；憶木材堅質固，又是做弓把子的好材料；橿木是戰車轅木的主材，因為產量越來越少，所以各國都嚴禁採伐來做煙斗，都留作弓轅專用木材啦。關於做煙斗的木材，要怎樣條件，才適合製造煙斗呢？把製造專家、抽煙斗專家各方面意見歸納起來有八項必備的條件：（一）木質要堅勁帶韌。（二）輕而耐裂。（三）乾燥卻溫。（四）能抗高熱。（五）遇火不燃，且能隔熱。（六）不管怎樣點燃，絕無任何怪味。（七）常久摩挲之後，紋理瑩澈，光澤耀眼。（八）木理分明，高雅秀美。以上所列各種木材拿來雕刻煙斗，雖然都有所長，但是也都各有缺點，求其十全十美的材料，只有黑石跟布瑞爾兩種灌木能符合以上所說的八項原則。

這兩種灌木，都是在人獸絕跡的深山峻嶺、懸崖絕壁的石縫裡頭生長的，西班牙、義大利、德國、法國，以及地中海沿岸都有布瑞爾、黑石生產，其中以樂葛本山裡所產的木質最好，其次是科西嘉。至於阿爾及利亞所產的，木質雖然堅勁，毛病是容易崩裂。目前臺北各委託行所賣的煙斗，黑石木的已經難得，真正布瑞爾的煙斗少而又少，簡直可遇而不可求。有時買一隻煙斗，用不到一年，煙斗就起了裂紋，那大半是阿爾及利亞出品，非得是真正玩煙斗的大行家，一般人一眼是看不出好壞的。

黑石煙斗好在輕巧秀麗，布瑞爾煙斗貴在木紋細緻。不過這兩種樹，本來就稀少珍貴，經過大家濫採濫伐，幾乎等於絕種。雖然有人聘雇有經驗的人，入山到處找新資源，可是直到現在也沒有發現新的產地。

劉學真大夫在柏林大學讀書的時候，他的指導教授畢魯頓也是煙斗愛好者。他有一片山地，種植了十幾株布瑞爾樹，布瑞爾樹做煙斗是取自樹根而不是樹幹，所以經常要修剪枝幹，讓樹根特別發育，以便取材。不過修剪的尺度、時間也有研究，修得太勤，剪得太苦，都會影響根部的發育，如果根部生長過分迅速，堅而欠韌，反而製不出好的煙斗來。總而言之，一切都要恰到好處，過與不及，都不能蔚為上材。

製造煙斗，並不是有了好材料，馬上就動起手來。首先要量材器使，第一步先把木頭削成煙斗雛胚，要放在乾燥通風的地方，把木頭裡的水分，經過三冬兩夏，讓水分自然蒸發，徹底乾透，才能動手製造。所謂名貴煙斗，全部都是手工製造，絕不借重機械，一道一道的手續繁複精細，沒有十個月八個月，是做不出一隻煙斗的。例如世界最著名的 DUNHILL 煙斗製造廠，全廠工人都是戰後傷殘者，每天出品煙斗一百隻，每人限購一隻，每天天一亮就有人排隊購買，據說自從設廠到現在，沒有賣過同樣型式的煙斗。是凡玩弄煙斗的都這麼說，大概所說不假。

製造煙斗講外觀，要把木紋線條的優點盡量利用表現出來。講到實用，斗窩是最主要的部分，窩的大小深淺，煙道的寬窄高低，都要配置得毫無缺陷，讓人一叼煙嘴，立刻感覺舌齒唇喉有一種氣機通暢舒適的感覺。至於煙嘴部分，那講究就更多了。膠嘴的軟硬要適度，煙嘴的粗細、凸扁要配合抽煙人的嘴形，膠嘴質料要光滑堅韌，不能一咬就有齒痕，不掛髒，不起粗紋。其實講究衛生的，用蜜蠟煙嘴最理想，只要一掛煙油子，立刻就可以看出來，用絨探子擦乾淨，可惜就是蜜蠟嘴子不經磕碰。此外煙斗還有一點，最怕傳熱，凡是拿煙斗，都是攥著斗頭，如果一袋煙沒抽完，煙斗熱得燙手，這種斗就沒法用啦。還有煙斗要浸水不濡，日晒不裂，否則煙斗容易變形，而且隨時發出怪味。以上所說的幾點，雖然不能說完美周至，但是準此而行去選煙斗，大概總不致吃虧上當的。

有些抽煙的朋友，都知道抽煙斗在健康方面比香煙安全可靠，可是換抽煙斗不久，故態復萌，又抽回香煙啦，主要的原因是對煙斗使用保養，未能善盡其責。不是煙油子倒流，滿嘴苦辣，要不就是煙斗阻塞，劫火易熄，辛辣刺舌，還有就是斗裂嘴崩，一賭氣把煙斗扔啦。說實在，煙斗的使用保養是一門學問，不細心體會研究，是摸不著抽煙斗竅門兒，欣賞不到抽煙斗的情趣的。

凡是打算抽煙斗的朋友，一開始抽板煙，首先要買煙斗。雖然不一定買頂名貴的斗，可是也不應太馬虎，總要買一個不大離譜兒的煙斗，來個開市大吉。買回一隻新煙斗，當然是摩挲愛玩不置，但是千萬不要用汗手去摸，更不要讓煙斗沾水，否則表面一層油光，不能滲潤紋理，不幾天就黯然褪色了。

新買煙斗方圓、長短、大小，當然要跟自己體型配合。一個體貌豐偉的人，叼著一隻玲瓏嬌巧的煙斗，固然看著彆扭；可是袖珍男士，手上捧著一隻櫻木帶皮又粗又長的巨型煙斗，讓人看起來也覺著齊大非偶。可是有一項最要緊的原則，就是初次用煙斗的人，癮頭不會太大，不管煙斗外觀如何，斗窩一定要秀氣點，否則一袋煙沒抽完，頭暈欲嘔，手腳發涼，先生醉矣，那多麻煩。

剛學抽煙斗的朋友，十位有九位犯一宗毛病，就是抽光一袋煙，喜歡把煙斗裡的積灰，還有沒燃燒完的煙屑挖得乾乾淨淨，行話叫「掏海底」。那您這隻煙斗不管用多久，總覺得不過癮，而且有煙斗漏氣的感覺。人家煙斗，可以一斗在握，欣賞把玩；您的煙斗，一袋沒抽完，就得擱下，不然燙手。所以一個新置煙斗，在開始啟用三兩天之內，抽完煙，積灰不要掏出來。煙灰積存太多，固然煙斗非常容易脹裂，要是煙灰留得太少，煙斗又容易傳熱燙手，所以斗裡煙灰，最好留八分到十分之一左右就成啦。

往煙斗裡裝煙絲，也是抽煙斗的一門學問。煙絲不管是片、是粒、是餅、是絲，都要慢慢往煙斗裡裝，不可裝得太滿，尤其是片、粒、餅狀的煙絲，壓得磁實，油性又大，點燃之後，煙絲會膨脹。煙斗裝得太緊，劫火難燃，真的燃著了，煙絲一脹出煙窩之外，可就把斗邊燒得烏焦八弓，非常難看，而且浪費。如果煙絲真的脹出來，必須趕快用煙鏟把它壓平，壓到不高出煙斗為止。

抽煙斗一停頓，或者跟人一說話，煙斗就很快熄火。如果真的熄滅，最好把煙絲全倒出來，把已燃燒過的不要，沒燃燒的，等煙斗涼透，再把煙絲倒回煙斗裡重點再抽。所以抽煙斗的朋友，一定要多準備幾隻煙斗，否則就不夠使喚的了。

在漢口有一家法國洋行，有一年耶誕節到了一批新式煙斗。有一種是一隻大軟皮匣子，裡頭各式各樣煙斗一共三十一隻，原意是讓抽煙的人每天換一隻，價錢雖然可觀，要說種類可真齊全。劉學真是玩煙斗專家，我同他在這家洋行轉了好幾趟，他仍舊沒買，我問他原因，他說這家煙斗製造商完全是賣噱頭，對煙斗的使用並不在行。您想匣子裡有戶外煙斗、室內煙斗，譬如說您今天到郊外騎馬，或者打高爾夫球，您當然是選一隻短嘴的戶外煙斗，叼在嘴裡不吃力，攜帶也方便；可是回到辦公室辦公，或者參加正式宴會，您能掏出戶外煙斗來抽嗎？所以一天用一隻煙斗的設計是不切實際的，倒是一對一組，或者三隻五隻一組的，比較實用。

一袋煙抽完啦，磕煙灰的時候，把煙窩放在指掌之間輕輕磕打兩下就成了，千萬不能在硬東西上敲打，一不小心，窩裂嘴折，這隻煙斗又報銷啦。如果煙焦凝固磕不出來，要用挖煙斗專用的刀鐽去剔挖，有人不顧一切，隨便拿一把帶尖的小刀去挖，那就傷了窩底啦。

煙嘴抽個十袋八袋煙，就生煙油雜質，阻塞通道，有人喜歡隨便搓個紙捻來通，一不留神，紙捻斷在煙嘴裡，用小夾子、小鑷子來鑷，都會損傷煙嘴。既然抽煙斗，就要準備特製栽絨芯子、特製酒精，不時清洗通暢，雖然麻煩點，可是這是抽煙斗的應有工作，習慣之後，反而有一種說不出的樂趣呢。

抽煙斗的煙絲，雖然不外也是黃色種，栢萊、土耳其、敘利亞、羅德西亞幾種菸葉製成的，可是在英、法、德、義、荷、西、比、瑞、丹幾個講究抽煙斗的國家，板煙的種類以形狀來說，有絲、有捲兒、有片、有粒、有球。以配方說，除了香料各家有其獨特秘方，特別保密，不讓外人知道外，就是各種菸葉成分的配合，也是千變萬化，各有不同，只有製造部門，極少數高級主持人才能知道配方內情。至於有些王室貴族、豪門巨富，更是每人按自己嗜好特別配製的板煙秘方，清醇馥郁，逢到盛大的宴樂場合，醉飽之餘，把同好的賓客請到吸煙室，長條桌上已經星編球聚，各種罍罂罎罐臚列滿前，主人得意之餘一一介紹自己的傑作，請客人吸評。客人臨告別之前，一定要把自己煙包裡的煙絲全部倒出來，把桌上自己最欣賞的煙裝滿煙包，向主人道謝而別，才算賓主盡歡。如果臨別不把主人煙絲裝點帶走，等於主人家的煙不屑一吸，那是最不禮貌的事了。

從前在中國北平、天津、上海、香港抽煙斗的人相當多，所以世界各國名牌子煙絲大約有百十種之多，都可以買得到。講究的人把煙斗分類，抽什麼牌子板煙，用哪一號煙斗，既不傷斗，更不串味。嚴格的說起來，既然玩煙斗嘛，雖然麻煩點，實在有此必要。

英國是喜愛煙斗的國家，大詩人但尼遜愛煙斗入迷，鋼琴家羅博特也是整天煙斗不離嘴，可是兩人有同樣的怪癖，煙斗只用一天，明天就不要，送給自己的學生了，所以他們師生都是抽煙斗專家。古代美洲印第安人就知道用煙斗抽煙，在跟敵人搏鬥，殺死一個敵人後，就由酋長在他的煙斗上刻一個花紋，等於授勳，花紋越多，表示他的戰功昭著，越受人敬仰。在他死後這隻煙斗一定隨身殉葬，他們相信這隻煙斗不隨同殉葬，靈魂是不能升入天堂的。印第安人每個部落中，都有一隻紫石雕刻的巨型煙斗，煙嘴就是五尺來長，用名貴獸皮包裹，各色絲帶纏繞，插上珍禽的羽毛，供在神壇正中，世代相傳，說是上帝主宰降臨在斗上，每個部落式樣不同，紋飾各異。義大利有一位考古家，在印第安各部落，把不同的煙斗拍了有五十幾張照片，真是光怪陸離，目迷五色。人家印第安人一看煙斗就知道是哪個部落，他們簡直把煙斗當國旗使用了。

英國不愛江山愛美人的溫莎公爵，雖然只吸香煙，不抽煙斗，可是最喜愛蒐集煙斗，不過他的煙斗都是新斗沒有用過的。麥克阿瑟元帥，也是世界知名的煙斗蒐集專家，他跟溫莎公爵正好相反，他只收舊煙斗，新的不收。據他說，搜羅的煙斗分成兩大類：第一類煙斗本身質料高貴，式樣別致的；第二類是名人用過的煙斗。據他侍從說，他曾經把收藏的煙斗拍照，寫了一本《煙斗譜》，可惜沒等出版，他就撒手塵寰了。麥帥雖然有無數的名貴煙斗，可是他南征北剿，永遠叼著一隻老玉米棒子（玉蜀黍的軸）做的斗，在美國二毛五分錢一隻，是最價廉的煙斗，您說怪不怪。私人蒐集煙斗最多的一位是英國康萊德爵士，他有煙斗一萬兩千多隻，聘有專人替他整理保管。其次伯明罕一位勃特勒格先生，也有八千多隻煙斗，英國初期燒瓷煙斗，在他庋藏中就有兩百多隻，其他煙斗如何名貴也就可想而知。

至於博物館收藏的煙斗，那要屬英國倫敦博物館了，館內把全世界各國不同時代、各種類型、各樣質料的煙斗，分門別類陳列起來，那真是洋洋大觀，讓人嘆為觀止。凡是喜歡收藏煙斗的朋友，到了倫敦博物館煙斗陳列室，沒有哪一位不是如醉如癡，瞻顧徘徊，不忍離去。聽說有一位荷蘭人參加集體旅行環遊世界，等進到倫敦博物館，看見如許煙斗，簡直同發現寶藏，世界旅程還沒走過十分之一，其餘觀覽途程宣布全部放棄，留在倫敦博物館抄抄寫寫。足足花費兩週的時間，才依依不捨黯然回家。由此看來蒐集煙斗的朋友，雖然沒有集郵朋友那樣普遍，可是一迷上煙斗，其癮頭之大，勁道之足，恐怕不在郵迷之下呢。

筆者頻年浪跡，所到之處，倒也蒐集了不少煙斗。以質料來講，如早期英法燒瓷，燒嵌自由女神、浮雕花環，紫石、海泡石、雲白石的都各有一隻。此外有一隻煤晶石的，是當年北票煤礦工人在三寶斷層礦坑發現一塊煤晶，由巧手工人雕成方形平底煙斗送給我的，真是績彩明淨，黝焉如墨，而且蒼渾厚重，放在桌上不傾不倚，拿在手裡絕不燙手，最多其溫如玉。查遍《煙斗譜》，也沒發現過有煤晶做的，我這隻煤晶煙斗可能還是獨一份呢。至於櫸、櫚、楓、櫻一類的木質煙斗，雖沒什麼精品，倒也各備一格，尤其是有一隻印度產品，孔雀石的底座、樺木煙窩、橡皮嘴，長有三尺，全斗像一隻小薩克斯風的煙斗，式樣奇古，木瘤垂珠。在大陸時雖然抽起來不太方便，可是如果在臺灣日式房子榻榻米上，賓主相對，茗甌氤氳，還真有個樂子。以式樣來說，戶外活動的短嘴大窩斗，辦公桌上用的平底斗，戶內用的長嘴大小煙窩斗，旅行用的彎嘴水手斗，防空用的下燃斗，不透光的帶蓋斗，甚至於麥帥用的老玉米棒斗，也算華縟悉備。可惜當年來臺倉促，那些敝帚自珍的煙斗都未攜帶來臺。回想當年茜窗茗盞、摩挲賞玩之樂，只有徒殷遐想了。

鼻煙及鼻煙壺

拿全世界來說，煙的種類之多可海了去啦。像捲煙、雪茄、煙絲、板煙、旱煙、水煙、嚼煙，還有大家認為毒品的鴉片煙、方興未艾的大麻煙。雖然煙的種類千奇百怪，可是無論如何，總不外乎用嘴來吸，用口來嚼。只有鼻煙，跟嘴完全不發生關係，是用鼻子來聞的。

鼻煙最初也是舶來品。依照明末吳文定的《蕉蔭清話》說，鼻煙是明朝永樂年間，三保太監下西洋帶回來的。清朝的王漁洋、趙撝叔的筆記裡都曾談到鼻煙，傳說來自義大利，明朝萬曆九年，傳教士利瑪竇第一次泛海到中國廣東帶來的。不管怎麼說，要是永樂年間傳到中國的，到現在已經五百多近六百年；就是說萬曆年間吧，也有近四百年啦。

聽從前大內的太監們說，從康熙到乾隆，凡是西洋特使來華覲見，進獻方物，差不多都有鼻煙。依據趙之謙《勇盧閒話》：「雍正三年，伯納第多貢獻方物，始有各色玻璃鼻煙壺，咖什倫鼻煙罐、各寶鼻煙壺、素鼻煙壺、瑪瑙鼻煙壺及鼻煙，有六十種之多。雍正六年，西洋博爾都噶爾國王若望（現在的西班牙）遣使麥德樂，貢方物四十一種，有鼻煙。乾隆十七年，國王若瑟復貢方物二十八種，有赤金鼻煙盒、咖什倫鼻煙盒、螺鈿鼻煙盒、瑪瑙鼻煙盒、綠石鼻煙盒及鼻煙。乾隆五十九年，外藩陪臣，若朝鮮、英吉利、法蘭西、越南、暹羅、琉球諸國先後來朝者，皆賜玻璃鼻煙壺、瓷鼻壺及鼻煙。」

由以上幾段記載來看，毫無疑問，鼻煙是自從明末清初中外通商時候就帶來中國的，不管說它是聘禮也好，貢物也好，總而言之，到了乾隆年間，咱們不但自己會做鼻煙，而且也會燒製煙壺了。否則以十全老人（乾隆）的好大自尊，絕不肯把外藩貢物，再賜齎外藩的。

民國六十二年，筆者曾經到泰國去觀光，在泰王夏宮裡的中國館多寶格上，就有兩隻燒料的鼻煙壺。旁邊有卡片用英文註明，是使臣到中國來報聘，清朝乾隆大皇帝回贈的禮品，可見當時拿鼻煙賜齎外藩是事實了。

究竟聞鼻煙有什麼好處呢？據說可以明目、避瘴、去疾、卻濕、調中逐穢、宣鬱導滯，對人身體好處可大啦。所以晚清時代，聞鼻煙的風氣，南北各地到處流行，尤其士大夫階級，沒有人懷裡不揣個鼻煙壺的。筆者小的時候，有一位長親病故，必須前往送殮。聽說亡者遺體有臭，先祖母拿一個瑪瑙煙壺，讓我揣在懷裡，必要時嗅一鼻子，就能避疫逐穢，這是筆者第一次聞鼻煙。

鼻煙到中國，叫士那夫，大概是SNUFF的譯音。雍正時代常拿來賞賜給王公貝勒、貼身侍衛，那時叫做臘煙。後來因為這種煙，是用鼻子聞的，才正式定名叫鼻煙。

以我見過的鼻煙來說，品質方面有飛煙、豆煙、螞蟻屎、酸棗麵兒四種。飛煙最好，用手一捻，比漠北的黃沙還細，要說蜜斯佛陀香粉細，但是還有點滯手，飛煙放在手上，簡直毫無所覺。據說這種飛煙在義大利、西班牙，最早也是宮廷御用珍品，平常庶民也聞不著的。

豆煙是鼻煙儲藏年深日久，凝當成豆粒大小，堅實果勁，搗碎非常不容易，都是用多少搗多少，因為積香久蘊，更是其味無窮。

螞蟻屎也是鼻煙庋藏太久，偶一透風，會引起自然發酵。經過兩次發酵的鼻煙，凝成小碎粒，用手一搓，立成齏粉。酸味特濃，鼻煙帶酸頭，算是珍品，所以嗜酸朋友對於螞蟻屎看成寶貝。

酸棗麵兒，也是封存太久，鼻煙磋磣結成了不規則形大塊，可是大塊裡頭，疊空累累，處處蜂窩，外堅內虛，所以一捻就容易成為細粉。這種鼻煙有絕不竄腦開竅的特長。

聽鼻煙專家說，鼻煙的顏色以墨綠色的最為難得，內行人稱之為神品。其次是孔雀綠、鴨頭綠，這類色澤的鼻煙，到了同治年間已經成了可遇而不可求的稀罕物兒了。再者就屬深紫色的了，這種深紫鼻煙，也是經過發酵的宿煙，其味清馥遒雅，可以韜避塵垢。至於淺絳色鼻煙，雖非陳手老煙，可都是精研九揉，萬杵回澤，都是煙中極品。另外是紅色鼻煙，紅煙又分明紅、暗紅兩種，明紅取法義大利，暗紅取法西班牙。在鼻煙中來說，雋蕊檀心，等閒時也捨不得拿出來一嗅。普通經常聞的，多半是深黃、淺黃兩種而已。至於有一種暗綠的顏色，也往鼻子上抹的，一抹連鼻窩、上嘴唇都是綠油油的，那還有名堂，叫「抹個綠蝴蝶」，那就不屬於鼻煙範圍，而是一種聞藥啦。聞藥在當年是青皮流氓、看家護院、趕火車、拉駱駝的專用品，正經人沒有拿它當鼻煙來聞的。

聞煙專家把鼻煙煙味分成六大類，是羶、酸、煤、豆、甜、鹹，當然要細分，每一類又能分出多少樣或濃或淡的名堂來。大家公認羶頭的頂好（「什麼頭的」，是聞鼻煙人術語，意思就是味道），酸頭的也不錯。煤就是飯煮焦啦，糊巴子味，有人就偏偏愛這股子焦味。豆是一種清氣味，因為避疫力特別強，所以也有人喜愛。至於甜頭的鼻煙，那是初學乍練，開始聞鼻煙的雛兒聞的，有資格的鼻煙客，對於這種鼻煙是不屑一聞的。至於鹹頭兒的鼻煙，筆者所聞者少，只聽人說過，可是自己沒聞過，滋味如何，可就說不上來了。

自從我們中國自己會製鼻煙之後，大約是道光、咸豐年間，出了一種薰煙。製法也是把菸葉碾成細末，再用各種花來薰，最普通的是茉莉薰、玫瑰薰。因為北平人喝茶，以香片為主，對於薰香片所用的茉莉花，都是從福建移植過來的柔枝小朵名種茉莉花，不像臺灣茉莉重台疊蕊、大而不香。平常大家喝慣了茉莉花的香片茶，同時一聞茉莉薰的鼻煙，讓人有一種說不出的親切感，因此沒有幾年，氣味淡雅淳清的洋煙，聞者日少。一方面洋煙越來越精貴，價錢越來越高，而真能領略歷久彌香的知音，人既寡，物又稀，反而香氣濃馥辛烈的薰煙不久就大行其道了。

因為茉莉薰、玫瑰薰嗜者日眾，於是緊跟著又出了水仙、蘭花、珠蘭、黛黛花、白蘭味的各種薰煙，五花八門，各有各的買主。以至於有些人只知薰煙，而各種極品的臘煙連聞都沒聞過。

在鼻煙全盛時，北平有一種煙兒鋪，以賣葉子煙為主，除了關東台片、杭州香奇、蘭州青條、福州皮絲、蘭花煙、高雜拌兒之外，還帶賣檳榔、豆蔻、砂仁。鼻煙一流行，也附帶賣鼻煙聞藥啦。至於全北平專賣鼻煙的鋪子並不多，到了民國十幾年城裡城外就剩下三家了。隆福寺有一家蘭薏軒，後門鼓樓大街有一家寶蘊閣，前門外大柵欄有一家天蕙齋，那是專門賣鼻煙的，到了北伐成功，就只有天蕙齋一家做獨門生意啦。

梨園行有鼻煙嗜好的最多，據說煙癮最大要數李洪春（梨園行官稱李洪爺，自認關公戲唱得最好，會的最多）。趙桐珊（藝名芙蓉草）說李洪爺聞鼻煙是一絕，每隔五天李洪春準去天蕙齋大聞一次，您如果不時到大柵欄遛達，一定能夠碰上。大概天蕙齋的人知道李洪春哪天什麼時候來，未來之前，用二寸見方的有光紙，把一間門臉兒長的櫃臺上排成一長條，每張紙上倒好李洪爺聞慣的鼻煙，等李洪爺一進門，就一包一包的一面聊天，一面聞，大約個把鐘頭，這一列鼻煙，也就差不多聞光啦。這種分量，這種速度，如果有人舉辦聞鼻煙比賽，我想李洪春一定可以穩得冠軍。

現在在臺灣收藏鼻煙、名貴煙壺的，一定大有人在，可是拿鼻煙當嗜好來聞的人，可能沒有了。美國雜誌曾經登載過，歐洲有些古老國家的王室貴族、豪門巨富到現在仍然有一種風習，不但把自己收藏的最好的鼻煙拿出來相互欣賞，甚至於以煙壺來爭強鬥富。歐納西斯生前就是一位鼻煙收藏鑑賞家，曾經從印度王子手裡，拿一百二十八件純金鑲寶石的餐具換來四兩裝的鼻煙一小罐，算算價錢，可太驚人啦。

從前住在上海的猶太富商尤愛斯•哈同也是鼻煙蒐集專家。有一次在宴會上，跟沙遜洋行的大班沙遜爵士同座，沙遜雖然是英國貴族兼富商，可是在上海灘來說，講究玩鼻煙，沙遜只能算是未入流的角色。他掏出來鼻煙，請哈同來聞，居然是舶來品超特臘煙，叫做紫琳腴的一種。哈同一向爭強好勝慣了，自己是中外有名玩鼻煙的，人家不是玩家，居然隨便拿出來的，就是稀世之珍，心裡一慪，立刻寫信給住在北平的乾女婿莊惕生，只求煙好，不論價錢高低，盡量搜求。莊是佛門弟子，哪會懂得鼻煙好壞，皇天不負苦心人，居然找到鼻煙專家合肥蒯若木，虛心請益之下，總算懂得鼻煙的好壞啦。再經過多方打聽，知道朗貝勒府還有幾種貢品臘煙，其中居然有一罐是水晶金彩四兩裝的鴨頭綠，結果這罐鴨頭綠以驚人價格成交。莊惕生親自把這罐鼻煙送到上海。聽說哈同得此至寶，一高興之下，曾經在愛儷園約請上海鼻煙專家劉公魯、袁伯夔、陳筱石、李瑞九，來了一次薰風小集。客人中少不得還有沙遜爵士，一方面顯擺一下，一方面也讓他聞一聞鴨頭綠是什麼滋味。愛儷園的西賓烏目山人，還寫了一篇駢四儷六記盛的文章，給鼻煙平添不少佳話。

從前梨園行大半都喜歡聞點鼻煙，尤其名角大老闆聞煙還要聞好的。當年唱老生有個叫白文奎的，他有個女婿是個跑外國輪船上的廚師，不知道他從哪一國得到一罐荔枝味兒的鼻煙，後來白文奎把這罐鼻煙送給余叔岩。小余是聞鼻煙的行家，什麼好煙都聞過，可是聞荔枝味兒的鼻煙也是第一遭，當然把這罐鼻煙視同瑰寶收藏起來。有一天小余在煙匟上給師傅譚鑫培打煙泡，一面燒煙一面跟師傅討教玩藝。小余說每次唱《定軍山》，一耍大刀花，不是刀鑽裏護背旗，就是把護背旗打得捲在旗桿上了，每一耍刀下場亮相，都顯得不乾淨、不俐落，您說那是怎麼回事？老譚好像全神貫注抽煙，根本不搭碴兒，小余再問第二遍，老譚還是顧左右而言他。呆了一會兒，老譚忽然冒了一句話說，聽說你最近彩頭不錯，得了點好鼻煙，還尋摸著一隻好煙壺。小余本來是絕頂聰明，聽弦歌而知雅意，立刻回說，最近有人送點外洋鼻煙，從古玩鋪買了一隻古月軒百子圖的料壺，本來預備帶來，請您給鑑定真假好壞的，誰知出門一慌疏，把這事忘了，說完話馬上回家去拿。一會兒工夫，小余就把百子圖鼻煙壺裝滿了荔枝味鼻煙拿來，老譚把煙壺端詳了半天，認定煙壺的確是古月軒製品。再一聞鼻煙，頻頻點頭，認為淡發芬馨，也是從所未嘗。小余聆聽之下，當然把煙壺帶鼻煙，一併孝敬了老師。等了一會兒，老譚自己反倒舊話重提，問起小余來。在小余再次請益之下，老譚拿著煙籤子一比劃，說把煙籤子當刀頭，耍大刀花時，兩眼全盯住刀頭轉，自然腦袋也跟著動，不是刀鑽就把護背旗讓開了嗎？一語驚醒夢中人，就是這一招，就花了小余銀子若干兩。這是當年余叔岩親口告訴張伯駒的，大概此事不假。所以小余給徒弟說戲也不痛快，因為人家玩藝，也是花了大把銀子得來的。

老譚愛聞鼻煙，那是眾所周知的。言菊朋不但唱工學老譚，就是言談動作也要曲意摹仿。老譚愛聞鼻煙，言三也當然不能例外，所以言三一到後臺扮戲，得先洗鼻子。梨園行朋友說話向來是不饒人的，大家給他起了個外號，尊稱言三為言五子：寬臉子（言臉寬而短）、短髫子、薄靴子、洗鼻子、裝孫子，話雖近謔，可也是實情。

清朝太監，不管是自幼兒出家，或者是半路淨身，雖然沒有明文規定，可是向來都是互相策勉，嚴禁煙酒。就拿鴉片來說吧，道咸同光四朝，鴉片是最流行，而且頂時髦的玩藝，紅太監像李蓮英、安德海、崔玉貴、小德張、梳頭劉，誰也不敢把鴉片抽上癮。他們太監雖然淨身之後在宮廷之中所擔任的執事都是細瑣貼身的事兒，可是太監究竟還是男體，如果大煙大酒，一身怪味就沒法當差了，既然不動煙酒，鼻煙就成了他們的主要嗜好了。自從清室遜位，締造民國，小德張就搬到天津租界，靜享清福。他有一間客房，整間房子都用花梨紫檀打成多寶格，琳琅滿架，全是各式各樣大瓶小罐極品鼻煙。洋古董客福開森說過，小德張收藏的好鼻煙，論值論量，在全世界收藏鼻煙專家裡總有十名以內。福氏見多識廣，所說當然有幾分可信。

前清內務府大臣世續，大家都管他叫世中堂，他聞鼻煙講究是越硬越好，能硬得用錘子都砸不碎才好，因為越是陳煙，凝結得越牢固。聞這種鼻煙，他有一種訣竅，先用一根新鮮豆芽，用線拴好，懸在鼻煙罐上，第二天到藥店買幾根銼草（木賊），罐裡整塊鼻煙用銼草一銼，可以把外面吸了豆芽水氣的鼻煙，銼點細麵下來。用多少銼多少，永遠保持鼻煙原味，絲毫不走，這跟英國貴族用蘭花嫩芽吊鼻煙是同一道理。

黨國元老李石曾終身茹素，不動煙酒。可是在幼年出國之前，鼻煙他是聞的，他曾說：「聞煙勝於吸煙，因吸煙到了肺裡，聞煙在外，可以抵消壞的氣味，而且有祛毒作用，比戴口罩方便而不妨礙呼吸。日本口罩風氣最盛，臺灣學來了，雖似科學衛生，我認為並不相宜，我建議以鼻煙代替口罩與吸煙。有人因衛生與醫生的勸告而戒煙，但非常困難，想求代用品而不可得，聞鼻煙不是比較好的辦法嗎？」以上的話是民國四十九年李石老親自對筆者說的，他並鼓勵筆者細心研究製造鼻煙的方法。現在石老墓木拱矣，研究做鼻煙的話，也早已忘在脖子後頭，因為寫這篇談鼻煙，才把石老的話想起來，除了悵惘歉疚，還寄以無限的哀思。

中國最早的鼻煙，根據歷史上的記載，是外國使臣「到京師，獻方物，有鼻煙」。照最保守的說法，鼻煙在中國也有近四百年的歷史了。自從鴉片戰爭，訂立馬關條約，海禁大開之後，所訂通商條約進口稅則裡，就把鼻煙列在酒果食品類，鼻煙由此從通使方物、御用貢品，一變成為一般商品，時尚所趨，人手一壺，大家都嗅起鼻煙來了。

最初進口的鼻煙，分怡和素罐、太古素罐、吉士素罐、天寶素罐四種。據宣統的師傅梁節庵先生說，怡和是南海伍家的洋行，太古是南海鄺家的洋行，天寶就是他們南海梁家開的洋行，只有吉士是廣東佛山蘇家開的洋行。洋煙剛一進口，瓶上罐上全是洋文，當時民智未開，大家對洋文看不懂，就是說出來也記不住。所以進口洋行，只好把自己行名用小紙條印好貼上，哪家進口的鼻煙，就叫哪家素罐，至於真正製造鼻煙的廠商，反而其名不彰了。以一般進口洋貨來說，到現在還有許多老牌子洋貨，仍舊沿老辦法，您要是買一瓶林文煙花露水看看，瓶子上還貼有「怡和洋行」字樣小條呢。

至於進口洋煙的裝潢，跟外國使臣獻方物的裝潢可就完全不一樣。獻方物的貢煙，全是小瓶小罐，鏤金、寶石、螺鈿、琺瑯、各色水晶，真是縷奇錯彩，光鮮耀目。大批進口臘煙，通常就都是素罐居多了。一般素罐從四兩到十六兩容量的最普通，最大的有四斤罐裝的。鼻煙的名稱，有大金花、小金花、紅枝頭、黑枝頭、百濯香、琥珀酸、十三太保、十二紅近十種之多，不過後來在市面上流行最普遍的，也不過是大金花、小金花、十三太保，三數種而已。

大金花的瓶子，是磋磨精緻，稜角紛披，曜金煥彩，近乎水晶、明淨雕花的玻璃瓶。小金花的瓶子是星編珠聚，燦若雲霞，瓶子不但奇矞美麗，而且霞光耀眼。有人說大金花、小金花不但鼻煙好，就是瓶子也可以拿來當水晶雕刻藝術品來鑑賞。十三太保的裝潢更講究啦，大小共十三瓶湊成一組，所以叫十三太保。一個大八角形瓶子居中，八隻長方瓶四周環繞，四角各有一隻反三角瓶子補空，十三隻鼻煙瓶子，正好排成四四方方的一箱。在民國十幾年，一箱真正十三太保鼻煙，有人出價一萬塊銀洋，還沒有人願意脫手。後來一隻好的空煙瓶，在北平東安市場洋古玩攤上，也要一百塊出頭，他才肯賣。因為有人收購這類鼻煙瓶，真瓶假煙的冒牌貨也就應運而生，不過假貨仿造得再精巧，也騙不了內行。這種瓶子的瓶塞，特別的細長，而且深入瓶頸，絕不透氣，把瓶子蓋嚴，塞頭用絲繩吊起來，瓶子不摔下來，那就證明是真正進口原瓶。真煙假煙，行家一嗅就辨出真假，那是騙不了人的。

我們中國從古以來，凡是屬於藥類的丸、散、膏、丹都講究用瓷瓶、瓷罐、瓷缽來裝，金屬器皿全能抵觸藥性，所以一律摒而不用。咱們中國最早的鼻煙壺也是瓷的。筆者曾經見過四川傅沅叔收藏一隻清初最原始的鼻煙壺，瓷質雖然不錯，可是看起來，實在不起眼。大約二寸半高，圓徑一寸，瓶上燒有幾筆花草，模模糊糊也不太清楚，式樣笨拙不說，攜帶起來也不方便。其後出了一種燒料煙壺，那比瓷壺就精巧玲瓏多了。接著有人研究出套彩，從雙彩到七彩，殷紅浮翠，真是色彩迷離。當時製作煙壺的巧手，一個賽過一個，什麼康家皮、廝家皮、靳家皮、辛家皮做出來的煙壺，雕刻精緻，式樣繁多。有的詩歌酬唱、仿古字畫都能刻在不盈一握的鼻煙壺上，奇技競巧，雅韻欲流。後來踵事增華，什麼水晶、羊脂、瑪瑙、珍珠、翡翠、貓眼、珊瑚、螺鈿都拿來做煙壺。士大夫階級，誰要搜羅到一隻精細別致的煙壺，一定要拿出來，當眾誇耀炫示一番，不但聞煙品壺，而且變成暗中爭奇鬥闊啦。

到了乾隆時期，這位太平天子玩膩了古玩字畫，一高興又弄起鼻煙壺來了。他老人家首先把內廷料庫裡各種高級顏料，連同庋藏各色寶石，發交古月軒去研究。至於燒製煙壺所用的料子，責成琉璃窯的窯官，派人去磁州博山一帶廣事搜掘。這種原料是介乎玻璃與瓷土之間的一種矽沙，經過官窯的精研細選，再送交古月軒，由名工巧匠精心設計，造型、製模、鐫坯，在特建的甕窯燒製。據說這種甕窯，砌建也要高超的技巧，不但火力特強，而且耐熱持久，因此多麼精細靈巧的東西都能燒出來不走樣。

當年上海道袁海觀是收藏煙壺的名家。他說中國舊翠古玉、義大利精燒琺瑯、荷蘭水晶浮雕、西班牙嵌瓷煙壺都是煙壺中雋品。但是不論製造多麼精細，可是在真正玩鼻煙壺的眼裡，其價值永遠比不上古月軒精選、貢奉乾隆御用的料壺。不過古月軒燒好剔出來不入選的煙壺，還有假冒古月軒仿製的煙壺，不但是在北平，就是在上海、南京的古玩鋪也時常有這種古月軒煙壺發現，一不留心就能花真價錢買假貨上個大當。不管假煙壺做得多逼真，可是用顯微鏡一照壺底，立刻就分出真假來了。真的古月軒壺底，光明如鏡，絕對沒有一個沙眼，假的不管仿造得多麼精，壺底總歸找得出幾粒沙眼的。當年上海市商會會長王曉籟花了二兩黃金，買了一隻古月軒百子圖煙壺，非常得意，結果請專家一鑑定，敢情是贋品，聽說那批假煙壺一共做了五隻，受騙的當然不只王曉籟一個人。燒料煙壺有皮雕、套紅、鏤刻、鑲嵌，一瓶雙口兩膛的，叫並蒂壺，一瓶兩膛上下各一口的，叫乾坤壺，花樣之多，真是記不勝記。

合肥蒯若木，是皖北收藏家蒯光典哲嗣。蒯府所藏歷代名人字畫精品極多，而蒯本人特別喜歡蒐集稀奇古怪的石頭子跟鼻煙壺。有一天蒯老拿出一隻煙壺搕點鼻煙來聞，筆者看他的煙壺，式樣奇古，非瓷非料，顏色黑中泛紫，一時真把我考住啦。誰知這隻煙壺還大有來頭，是當年張廣建任甘肅省省長，人家送張的。張對鼻煙壺一類文玩毫無興趣，蒯是他的財政廳廳長，又愛蒐集煙壺，於是就把這隻煙壺送給蒯了。據說這隻壺，是有人挖掘漢朝未央舊址，無意中獲得的一隻小鴟吻角，把內部陶土掏空，配了一個古瓷壺蓋，成了一隻式樣別致、古色古香的煙壺，所以瞧不出是什麼質地。

舍親王嵩儒丈也是喜歡玩鼻煙壺的，他臉部修長，活像一苦行的老僧。當年北平有一位能把名人字畫或者個人玉照刻在鼻煙壺上的專家叫陳芷亭，他把字畫、照相，都用一把彎鋼錐，伸在鼻煙壺裡，素雕好了還能著彩。他把王嵩老雕成一位披紅袈裟的無量壽佛；另一面是王嵩老鄉試闈墨一篇親筆所寫的策論，密密麻麻方寸之地大約刻了有兩千多字，真是神乎其技。這隻鼻煙壺的代價是五十塊「大頭」，在當時來說，也算是嚇人的價錢啦。

河北南宮郭世五，筆者只知他是藏瓷名家，哪知道所有夠資格玩鼻煙壺的人，無不把郭老奉為圭臬。上海哈同的管家姬覺彌說，世界上最多的中國鼻煙壺收藏家是美國的凱尼斯，凱原本是一位化學教員，不知道什麼原因忽然迷上了鼻煙壺，凱在第二次世界大戰終了時，已經是四五十個國家，一千多位會員的國際鼻煙壺協會發起人兼會長。以當時的時價估計，他的鼻煙壺將近一千隻，約值二十多萬至三十萬美元。可是談到精，郭世五蒐集的鼻煙壺，雖然數量不及凱尼斯十分之一，可是隻隻精湛，尤其是全套燕京八景煙壺，可以說舉世無雙、絕無僅有的奇珍，郭老這套煙壺，得來煞費苦心。據說乾隆老倌，有一天在南海子忽然心血來潮，想做幾個別出心裁的鼻煙壺，於是把古月軒的執事跟藝匠叫到御前，宣示聖意後，由造辦處領了八寶顏料去做。等做好原坯，進呈御覽的時候，全不稱心，乾隆一氣之下，就把已經塑好的原坯全部擲在料桶裡搗個稀爛，飭令古月軒再行領料重製。職司們一看桶內這麼好的寶石料子，白白扔了豈不可惜，不如把桶內料子，仍舊燒幾隻煙壺來玩玩。想不到這幾隻煙壺，出人意表，出現奇蹟，居然選出幾隻天然紋彩，細看是燕京八景，尤其是金台夕照、盧溝曉月、薊門煙樹三景，特別神似。既然是廢料燒的，三個工匠就把這幾隻煙壺據為己有啦。其中有六隻，都讓郭世五不聲不響，陸續花大價錢買來。後來金台夕照也是江西贛州熊家，用一幅文徵明寫的全部《孝經》，後面附有漢瓦《孔子問禮圖》拓片換來，就剩一隻盧溝曉月的煙壺始終下落不明，郭老東尋西找，多少年沒有消息，事情也就擱下了。想不到北平《小實報》的記者王柱宇在《實報》上說，他在濟南一家古玩店看見一隻盧溝曉月鼻煙壺。郭老聽說，真是喜出望外，親自去了一趟濟南，只花了二十塊「大頭」，就把這隻寶壺給買回來了，於是燕京八景煙壺全數歸入郭老掌握之中。郭老高興之下，把一間書房改稱八德齋，特地請上海吳昌碩寫了一幅古篆匾額，朱彊村把蒐集的經過也寫了一篇短跋，鐫在題字之後。姬覺彌在朱家看見彊老寫的原稿，才知道郭老匯萃八德的始末緣由，實在這些煙壺，姬氏也沒親眼見過。

有一天跟蒯若木閒聊，敢情郭、蒯二位不單是鼻煙同好，而且對於字畫方面，兩人也是同道。據蒯說郭有若干稀世古瓷，可是郭對這八隻煙壺，獨垂青眼，視同拱璧，等閒人想看看這幾隻煙壺的幻燈片都辦不到。冬天他說氣候太涼，手上有熱氣，冷暖相激，煙壺會炸；夏天室溫太高，拿出來過風，一個不巧煙壺容易起裂紋。總而言之，他不願輕易示人罷了。八德齋裡有一特製書桌，第一層抽屜裡有厚棉花、什衲緞子做裡，不但有機關，而且有幾道暗鎖，設想周到，保護可算十分安全。八隻煙壺，蒯老只見過盧溝曉月一隻，細看果然隱隱約約有道石橋長虹臥波，楹檻分明，右首好像還有座碑亭，確實像盧溝曉月的景象。筆者當時聽說，真想一開眼界，只要看看幻燈片足矣。後來時局日緊，跟著七七事變，大家都忙著內遷，把鼻煙壺的事也就忘了。

等到勝利還都，在我辦公處，上級派了一位福建人叫何維樸的來當股長，閒時聊天，才知他是郭世五的快婿。七七事變，發難突然，郭老雖然有部分精品送往國外保存，可是郭老捨不得離開北平，心愛的煙壺也就留在八德齋中，供他不時的把玩。有一天忽然有幾個喝醉酒的憲兵闖進來找花姑娘，門上應付得又不得當，醉鬼直闖八德齋，愣拉書桌抽屜，因為暗鎖牢固，久久拉不開。一時性起，一腳把抽屜踢開，當時整個抽屜摔在地上，郭老的八景寶貝煙壺，自然全部報銷，變成碎片。郭老在急怒攻心之下就此臥病，不久謝世，可歎一代藏瓷名家，最後是以身殉壺。古語說：「匹夫無罪，懷璧其罪。」真是一點也不錯。

上面談了半天煙壺，其實煙壺之外，壺蓋、煙匙、煙碟也有若干講究。壺蓋因為體積太小，再講究也不過是在翠玉、珍珠、瑪瑙上擷精取華，變點花樣。至於煙匙，十之八九都用象牙，可也有人別出心裁用犀牛角、羚羊角、玳瑁的，說是可以祛除上焦內熱，而且能夠明目舒肝。煙碟因為體積較大，玩鼻煙壺的朋友，於是又想出不少異想天開的花樣，以質地來說，漢玉、象牙、水晶、翡翠、琥珀、瑪瑙已經不算稀奇，有的人請名書畫家、名詞家寫字作畫，酬唱題銘，刻在煙碟四周，或者鐫在碟底。在上海，筆者看見唱文武老生的常春恆有一隻煙碟，是一隻五彩燒瓷紅繡花鞋，他說是從人家一幅燒瓷仕女掛屏殘缺之後，裁割磨製而成，那真是匪夷所思啦。

中國吃

古人說，玩物可以喪志，可是典章、文物、印刷、工藝都可以看出這一個朝代的治亂興衰。就拿郵票來說，臺灣剛光復時印的鄭成功郵票，跟最近發行的故宮銅器郵票，不論從哪個角度來看，都是不可同日而語的，將來也必然會留給人們無窮的追念。

漫談香煙

香煙的種類和菸葉的品種都有很多種，即使是老煙槍，也未必知道。在臺灣，大家經常抽的香煙除了省產香煙外，也只有英國式和美國式兩種洋煙，俄國式或土耳其式香煙在臺灣是不易見到的。

俄式香煙的香味比英、美煙衝，菸草產在寒冷地帶，用的香料也有別於歐美各地。沒抽過的人或香煙癮不大的人吸進一口俄式煙，會感覺口腔辛辣濃烈，喉管和肺部也會覺得承受不了，癮君子把這種俄國香煙叫做「黑老虎」。俄式煙比一般香煙細，長度也只有四釐米，每枝煙都黏著一段六釐米長的紙嘴，慢慢抽慣了，反而覺得抽別的煙不夠刺激、不過癮。

土耳其煙是世界名種

土耳其式香煙大致分圓的和扁的兩種，煙枝上的鋼印講究圖案複雜，紋理精細不苟。煙嘴也經特別研究，分成竹片、蘆管、金紙和銀箔等幾種。女用香煙煙嘴更用各色各樣的絲綢綵緞來捲製。五四時代的作家郁達夫曾經說過，天下最令人噁心的顏色莫過於擦口紅的女人抽過的煙屁股，殘紅斑駁地擱在煙灰缸裡。如果紅妝少婦抽的是土耳其式女用香煙，就不會有那種惡形惡象了。

美式香煙也摻有少許土耳其菸葉，美國曾經想盡方法來移植栽培土耳其品種菸葉，甚至在農業部指導下成立了土耳其菸葉研究所。他們花了許多人力和財力，種出來的菸葉香味仍然趕不上土國產品。臺灣雖也曾引進土耳其種子，試種了幾年，始終停留在試種階段，沒法推廣。喜歡土耳其煙的人說它有一種迷人的香味；不喜歡的人說它有一種騷烘烘的怪味。不過抽慣了土耳其煙的人就不再抽別的煙了，卻是一點也不假的。

土耳其煙在臺灣種得不理想，美國人把幾種中國菸種子引到美國去種也不成功，其中有一種是關東葉子煙。從前北方人抽的旱煙袋大半是用關東煙，北平有一種煙兒鋪，是專賣關東煙、水煙和皮絲煙的，它的門口幌子上寫著「關東台片」。其實真正台片出在關外的寧古台，是一位盟旗王子轄下的土地，大概只有一頃多地，種出來的菸葉才是真正的台片。

關東台片能幫助消化

這種煙一進嘴，就有一種力量往喉管裡頂，讓人透不過氣來，味道雖然辣，後味卻是辣裡帶香甜。關外人講究吃烤牛、羊肉，假如覺著吃得胃裡發脹，只要來上兩口關東煙，準保消食化氣，比吃什麼腸胃散都來得快和舒服。民國初年到中國來考古的福開森就把關東煙當消化藥用。真正好的關東煙抽完一袋把煙灰一搕，銀炭似的一團煙灰掉在地上聚而不散，據說這樣就是真正的關東台片了。

另一種是四川金堂煙，抗戰時期到過大後方的人都知道這種煙，它既可捲起來當香煙抽，又可以揉碎了當旱煙吸。黨國元老于右任先生就是抽慣金堂煙的，他到臺灣之後，抽不到金堂煙，時常引為憾事。

還有一種蘭州的青條，顏色碧綠，疊置加濕，是用古法刨成細條，裝在水煙袋裡抽的。抽慣水煙的人說抽皮絲煙容易生痰，如果摻上青條，就有中和作用，不會生痰了。青條也有一種引人上癮的特有香味。

有一種煙叫香奇，是浙江杭州的特產，也是揉在水煙裡的。香奇顏色金黃，切成細絲，香味沉郁，燃燒力極強，上了年紀的人抽水煙都少不得要摻點香奇，助燃助香，還能沖淡煙的辣味。

上面這四種煙都是中國各省的特產。這些菸葉在美國種不好，在臺灣也沒法種，大概是橘逾淮而為枳的道理。世界著名的煙還有呂宋煙、荷蘭煙等，種類又分煙絲、鼻煙和口嚼板煙等，一時說之不盡，留待癮君子自己慢慢去體會吧。

與林語堂一夕談煙

記不得民國十幾年了，正是北平的芍藥季兒，中山公園來今雨軒太湖石座前方，有一個芍藥圃，朱欄玉砌，燦爛盈枝。這一池芍藥是有名的玉搔頭，顏色純白如玉，花大有如冰盤，每一個花瓣上有一條極細的金線，據說是前明的異種。當時公園董事會會長是做過內務總長的朱啟鈐先生，每年春風解凍，牡丹、芍藥卸下稻草的冬衣的時候，他一定要在自己的車馬費裡提出點錢，讓人燉一鍋又稠又濃的蹄子湯給這株玉搔頭施肥，稱為「催妝」，所以這一池芍藥，繽紛豔逸，氣韻超群。筆者有一天正在軒前瀹茗，檻外賞花，忽然看見《晨報》副刊主編孫伏園同著一位清揚淵邈、卓然不群的朋友迤迤而來，經過介紹才知道是我仰慕已久的幽默大師林語堂先生。林大師對於名種芍藥玉搔頭是只聞其名，未見其花，所以約了孫伏園一同欣賞。既然同是賞花，就坐在一塊兒來啜茗了。林大師是抽煙斗的，一瞧筆者也是煙斗同志，用的是鄧赫爾牌煙斗，抽的是開普登煙絲，煙斗、煙絲彼此都是不謀而合，也就是抽煙斗的資格不相上下。聊著聊著，自然就聊到抽煙的問題了。當天林大師興致很高，即席發表了一番高論，真是聞所未聞，令我畢生難忘，因此記得也特別清楚。

他說：「有人認為不抽煙的人，大多是清標霜潔、道德高尚的，當然他們可能有超群逸倫、在人前足以誇耀的地方，可是那些人不知不覺已經失去了人類一種最大的樂趣和享受。我們抽煙的人應當不否認抽煙是一種道德上的弱點，可是在另一方面，我們要跟那些毫無弱點的人相處，千萬要小心謹慎，他們永遠清醒，絕不做出錯誤事情來的。習慣是有規律的，生活是機械化的，情感永遠被理智克制的。我當然也喜歡明白事理的人，可是那些仁兄整天道貌岸然，凡事徹頭徹尾都講究合情合理，請想這樣一位板板六十四的朋友多麼乏味，可有什麼交頭呀。因此，當我走進人家會客室，要是桌上沒有煙灰缸，心裡就覺得不自在，而且犯嘀咕，腦子裡立時刻畫出這裡的主人，必定是特別愛乾淨，沙發上靠墊子如果擱歪啦，都要把它弄整齊了才舒服。主人既然是循規蹈矩，理智勝過情感的人，我自然也得趕緊裝得恭慎循理，威容端嚴的樣子來，可是這種小心敬事的行為，也就是我認為最不舒服的行為。

這些謙和善讓、守禮謹行、毫無感情、缺少詩意的人們，永遠不會領略到抽煙在道德上和精神上的好處。可是我們這些叼著煙斗的人，在道德方面時常會受人攻擊，倒是在藝術方面往往反而受人尊敬和讚美。所以凡我抽煙同志，首先要維護抽煙人的道德，其實嚴格分析起來，抽煙人的道德大體上是比不抽煙的人更高尚的。一個嘴裡叼著煙斗的朋友，也許是物以類聚的因素，好像比較和藹可親，一見面就容易談得攏，有的時候在談笑風生中，衷心的隱私、情懷的鬱悶都會在逸興遄飛、不知不覺中排江倒海，毫不保留地傾吐出來。

薩克雷（Thackeray）曾經說過：『煙斗可以讓哲學家的嘴裡發出智慧之言，而閉了愚蠢之口；抽煙斗能幫助人產生沉思默想、和藹可親、坦白而自然的風格。』這些話是對抽煙斗的最好的銘讚，凡我同嗜，能不首肯嗎？

抽煙斗的人在雪白的襯衫上，也許會發現被煙灰燒焦了的小洞，或者是藏有煙屑比較齷齪的手指甲，那些都是不關緊要的小事。坐在您旁邊，是一位沉思默想、和藹可親、坦白自然的人，彼此能夠率性無邪、出言可復的放言高論一番，你還在乎他襯衫的焦洞、指甲裡有煙屑嗎？

詩人馬金（W. Maggin）有句名言說：『抽雪茄的人，沒有一個自殺過。』我更往深裡補充，我認為抽煙斗的人，就沒有一個跟老婆吵過架的，依我本身來說，就是這樣不折不扣的事實。您想一個煙斗不離嘴的人，哪又能高聲叫囂，呶呶不休呢？我相信抽煙斗的朋友，必定同有此感。一個叼煙斗成癮的丈夫在生氣的時候，雖然是怒容滿面，但總是立刻站起身來，把煙斗裝滿點起來猛吸兩口。你放心，那種氣氛一定不會維持長久的，因為一斗在握，情感已然找到出路，雖然他也許仍然維持著憤然之色，可是斷難持久，像過眼的煙雲，漸漸沖淡，終歸化為烏有。因為煙斗裡縷縷傳出淵醇斷續的輕煙太醉人、太適意了，把吸進去的煙再噴出來，似乎也把蘊藏在心裡的怒氣，一口一口的發洩出來了。所以當一位賢慧的妻子看見丈夫將要勃然大怒的時候，她應該輕輕把煙斗裝好，放在先生的嘴裡，對他說：『好吧，來一鍋子，把不痛快的事情忘掉吧！』這個公式是百試百靈，始終有效的。妻子也許會失敗，可是煙斗是永遠不會失敗的。

當我們想像一位癮君子短期戒煙，當時六神無主、頹喪恍惚的神情，我們才能充分體會到抽煙在精神上、文學上、藝術上各方面的價值。凡是抽煙的人，大多犯過一時糊塗，立志戒煙，跟煙魔搏鬥，一決勝負，後來跟自己幻想中的天良鬥爭一番才醒悟過來。我有一次也糊塗起來，立志戒煙，經過三星期之久，才受良心譴責，重新走上正道來。我這套煙的理論是萬古常新、永久不變的，咱們既然彼此意見相同，希望堅此信念發揚光大。」

那天林博士氣韻沖和，談鋒雄健，簡直欲罷不能，孫伏園催了幾次都不肯起身，我們直吃到月移花影，燈迤夜闌，才離開公園回家。

林大師生前說他自己是一個伊壁鳩魯派信徒、享樂主義者。他樂享生活，而不拘於凡俗形式，有話想說就說，想笑就笑，證諸我們在來今雨軒一夕傾談，他的言行是表裡如一，雖然有些笑談，可是您要把他的話細細的咀嚼一遍，都是含有高深哲理的。我們曾經相約，彼此有生之年，心不生戒煙之念，口不出戒煙之言。所以筆者多年來始終守此信諾，就是在抗戰期間，煙絲那樣難得，用煙斗抽過關東台片、蘭州青條、四川金堂，不管怎樣困難，可從未有過一絲一毫要戒煙的念頭。想不到民國五十七年忽然十二指腸潰瘍，上吐下瀉，休克多次，只好開刀割治，醫生堅囑今後抽煙嗜好必須戒除。現在斗架已然積塵寸餘，回憶前遊，令人有無限的哀思迷惘。但願我這位半師半友煙斗同志在天之靈一斗在握，淵淵含吐，垂之永恆吧！

香煙瑣憶

想當年在大陸香煙課稅最早是吸收戶捐，後來改為捲煙特稅，到北伐成功，全國統一，又改為統稅，派員駐廠，計值徵稅，一直到政府遷臺，才實行專賣制度。

您別看八、十釐米長的一根煙捲，煙癮大的人三口兩口就吧嗒完一根，煙癮小的人，也不過五分鐘一根也就剩下一點煙頭啦。要讓人家內行說，其中可盡是講究，就拿煙捲牌子來說吧，抽煙的人只知煙的好壞，誰還管什麼牌子不牌子，可是要叫人家煙捲專家一解釋，那裡頭學問可大啦。

當年英美菸公司總經銷王者香說：公司新出一種香煙，煙味的好壞倒在其次，牌名的響亮不響亮反而特別重要。何者適宜做高級煙的牌名，何者適宜中級，何者適宜低級牌名，個中人可意會而不可言傳，一聽便知道這個名字，可以排在哪一級。起個中下級煙的牌名，簡直俯拾皆是，人人會起，您要想起出一個真正夠得上高級煙的牌名，那就是可遇而不可求，戛戛乎其難啦。當年大英菸公司徵求高級煙牌名，有人擬了一個「白政府」牌子被公司錄用，獎金三萬元現大洋，您說驚人不驚人。

就拿英美菸草公司出品的茄力克大炮臺來說，一般捲煙製造業一致公認這是高級煙的牌名。大前門牌名雖然也不錯，可是講氣魄、論音量，只能列入中級了。至於大小孩、翠鳥、別墅、美女一類，那就不折不扣是低級煙的牌名了。

在抗戰之前，依照政府的規定，全國只有上海、漢口、寧波、天津、青島五個地區准許設廠製造捲煙。到了日本侵略華北，河北保定設了個華大菸廠，山東煙台成立了同順、東盛兩個菸廠，一直到抗戰勝利，這三個不合規定的菸廠才勒令結束。

在中國設廠製造的煙捲，究竟有多少牌子呢，民國二十四年財政部稅務署登記有案的捲煙牌名一共有七千種之多。像炮臺煙分大炮臺、炮臺、小炮臺，紅錫包、老刀又都有大小兩種，真要詳細計算，恐怕還不止七千種呢。

製售捲煙，因為利潤優厚，所以商場上的競爭也特別激烈，光怪陸離，無所不用其極。記得有一年街頭巷尾忽然到處都貼滿二尺寬、三尺長、中間畫著一個大紅雞蛋的廣告，一貼就是個把月，結果由紅雞蛋破了，孵出了一個胖娃娃，敢情是大嬰孩香煙創牌耍的一記噱頭，結果這個捲煙果然全國風行，大賺其錢。翠鳥牌香煙照方子抓藥，也在翠鳥廣告加印一個大「烤」字，那是說明他家用的都是烤菸，也就是復薰過的菸葉。可是抽煙捲的只求物美價廉，管你菸葉烤過沒烤過呢，所以在宣傳上，就沒有像大嬰孩那樣收穫豐碩了。

民國初年有一種雞牌香煙問世，單層藍銅牌紙上頭印著一隻大公雞，既沒玻璃紙，更談不上用鋁箔包裝，每盒五枝，還附贈五枝加蠟紙嘴，行銷了好幾年，才被其他新牌子取代。後來舶來進口六十枝聽裝的福祿克高級香煙一批，聽子一打開，裡頭有絲綢印的萬國旗，各國風景名勝，世界珍禽異獸，跟著進口的聽裝茄力克罐子裡改成珐瑯燒瓷各國宮廷的照片來爭奇鬥勝。最妙的是南洋公司出品聽裝的白金龍也不甘示弱，大登廣告說明每買一打香煙準有三聽有彩，在鐵煙碟底下扣著一塊現大洋，哪知道一聽煙加上一塊現大洋，分量當然加重，而且一搖總有點響動，結果有彩的聽子香煙全讓人挑去了。南洋公司一看大事不妙，後來把現大洋換成中南銀行發行五族共和一元鈔票，大家才沒辦法取巧，從此白金龍倒也在市場上成了暢銷的香煙了。

上海有個華成菸公司，全是國人資本開設，在廣告、宣傳、推銷、技術各方面都鬥不過洋商，後來虧累不堪，幾近關門大吉。有一天召集股東研商怎樣收歇，正開著會，忽然從天花板裡掉下一隻肥碩無比的大老鼠來，在會議桌上竄來跳去，就是不肯下桌。有位股東靈機一動，認為民間傳說老鼠是財神，既然老鼠示兆，何不孤注一擲，以老鼠為名，再出個牌子試試，於是出了一種金鼠牌香煙。想不到金鼠一上市，居然全國各地到處暢銷，甚至供不應求，幾乎把英美菸公司幾個同等級的煙擠垮。英美一看情形不妙，於是趕緊出了一個大聯珠的牌子並且附贈畫片拿來抵制，從此香煙裡附贈畫片大行其道，什麼封神、水滸、西遊記、歇後語、三百六十行，都成蒐集畫片的瑰寶，比起現在集郵的狂熱，尤有過之。後來華成趁抗戰勝利餘威，又用王美玉的照片出了個美麗牌香煙，雙喜臨門又風靡一時。英美雖然出了個梅蘭芳牌香煙來對抗，可也沒把美麗牌整垮。華成從此垂死復甦，反而跟英美、南洋在捲煙界成了鼎足而三的局面，都是那隻金鼠帶來的偌大財運，立的大功。

各菸公司除了在捲煙品質上力求精進、互不相讓外，對於包裝外觀圖案設計更是鉤心鬥角唯恐落後。頤中菸公司華北運銷部經理石雅三，是專門研究廣告學售貨術的專家，他說一個牌子出來第一要搶眼（引人注意），第二激發興趣，第三讓抽煙的趕快打開錢包。要搶眼，首先要在包裝紙的顏色上下工夫，粉紅、淺綠、淡青、藕荷色都是頂容易引人注意的色調，可是偏偏這幾色最經不起日晒風吹雨淋，稍微不小心，包裝紙就會褪色，雖然煙是新出廠的，可是包裝紙一變色，顧客心理上總有點不除疑，所以設計圖案配合包裝紙的顏色，盡量避免以上四色，如果一定要用四色，必須造紙的時候在紙漿上下工夫。

有人說當年最流行江南一帶叫紅錫包、華北一帶叫大小粉包的香煙，不就是粉紅色的包裝紙嗎？不錯，紅錫包是用粉紅色的包裝紙，不過紅錫包的包裝紙，是在英國製造，包裝紙的紙漿裡就先加工摻色，不是一般染色紙，所以不怕風吹日晒。當年有個華北菸公司，是幾位青年才俊集資創辦的，出了一種二十枝裝軟包的「飛達爾」，誤打誤撞是用淺黃的包裝紙，因為黃色褪色不顯，構圖又全都是洋煙形態，沒有一個中文字，大家還真讓他們給唬住了，全部認為是舶來洋煙，因此一炮而紅。他們又經營美的冰室專賣美女牌紙盒冰淇淋，又是大賺其錢。華北公司跟著出了一種五十枝聽裝的克雷斯香煙，為了標新立異，包裝紙是用淺綠的顏色，這一下可糟啦，本來聽頭香煙不像十枝二十枝裝香煙比較大眾化容易賣。聽頭煙往櫥窗玻璃框裡一放就是十天半個月，紙一褪色，講究派頭的人嫌不雅觀，全改抽別的牌子啦，這就是不明白用淺綠色得先從紙漿上下手的秘訣，把整個公司都因此弄垮的例子。

真正懂得抽煙藝術的人，在抽煙的時候會一枝在握，不時欣賞一下煙枝上的鋼印。美式香煙一切都是粗枝大葉，什麼刀口的齊整、捲製的鬆緊、鋼印的良窳，嚴格說起來，實在談不上精細完美，至於像英式香煙、小炮臺、大紅錫包煙枝用皺紋鎖口，那就更不用談了。

拿頤中菸公司來說吧（先叫英美後改名頤中），他家出品百分之九十九都是英式香煙，只有百利牌香煙是美式的，所以對於煙枝上的鋼印，講究秀雅拔俗、工整細緻、噴金灑銀，甚至三彩精印。當時全國有三十多家菸廠，要談到煙枝上的鋼印，哪家也比不過頤中菸公司，同是一個牌子，如果煙有大小之分，包裝紙可能一樣，可是鋼印絕不相同。拿三炮臺的鋼印說，是豎式印有金花，小三炮臺就改為橫式三行鉛字體了。據說外商知道中國人特別喜愛金色，取其金碧輝煌，為了迎合顧客心理，所以茄力克、大炮臺等一級品香煙都印有金色標誌。可是他們自己人好像對於金色似乎有點敬鬼神而遠之的態度，專揀自己產品裡沒有金色的香煙抽。員工配合品大半都是小炮臺，就是高級職員也沒有抽茄立克、大炮臺的。

以舶來品英式香煙來說，鋼印真有刻得細膩生動、耐人賞玩的。拿現在臺灣可以買得到的茄立克、三五牌而論，茄立克上面人面獅身古埃及王室的標誌就是鋼印中的傑作。罐頭三五牌雖然簡簡單單三個「5」字，可是「5」字上的金粉黃裡帶紅，是經過專家研究配出來的金色，其目的是怕人假冒，假煙可以魚目混珠，黃裡帶紅的金色真假一望而知，是假冒不來的。

當初三個「5」一上市，只有五十枝聽裝，既不用濾嘴（當時還沒發明過濾嘴），煙枝也比較窈窕，煙味醇和香氣高雅，是婦女專用香煙，現在市面聽裝三五早已絕跡，所見到的都是加濾嘴二十枝硬紙盒包裝的了。以往三五煙的沖和氣韻固然蕩然無存，捲煙的鬆緊似乎也欠均勻。現在如果有人敬您一枝三個「5」，您拿起來點著就抽，您絕不敢肯定說是三個「5」，倒是煙枝上的三個「5」字熠熠發光，彷彿千古不磨似的。最近更糟啦，連千古不磨的金字，也改成三個藍色雙鉤的「5」字。有人說抽煙喝茶，口味越來越高，假如您偶或有今不如昔的味覺，那可能是您的口味又高升一級啦。

後記

自從擺脫等因奉此生活之後，心裡就想著，要是不找點營生幹幹，整天在家裡悶得慌，那將何以遣有生之涯。人家騷人雅士，可以蒔花、餵鳥、遛狗、養魚來打發清閒的歲月，可是咱天生是條四體不勤的懶蟲，對於花、鳥、蟲、魚，一概不感興趣，飼養、栽種的念頭，本人頗有自知之明。第一天生沒有長性、更沒有耐性；第二先天帶來的笨手笨腳，從小對於飼養餵遛這一套，全都沒親自動過手，現在要垂老之年，八十歲老頭兒再學吹鼓手，現學可也來不及啦；第三咱天生的勞碌命，喜歡東邊跑跑，西邊看看，到處這麼一雲遊，也許十天半個月不著家，要是家裡養著花、鳥、蟲、魚，豈不都成了咱的管主了。思來想去，咱既是耍筆桿兒的出身，那就還是拿起筆桿來打發未來的歲月吧。

寡人有疾，寡人好啖，所以朋友給我起了個外號叫「饞人」。既然是人不得外號不富，更何況嘴饞也不是什麼丟人的事，咱也就默認算啦。

正巧趕上《中華飲食雜誌》創刊，咱就正式以唐魯孫三個字寫稿子啦。後來在《聯合報》副刊寫了一篇〈吃在北平〉，不但寫作領域擴大，因而交了若干筆友，其中尤以夏元瑜教授，不但志同道合，而且臭味相投。兩年以來，陸陸續續差不離寫了幾十萬字，各方好友紛紛函電交馳，連損帶挖苦，總歸一句話，就是咱的稿子東登一段，西寫一篇，讓人買不勝買，訂不勝訂，且讓人眾貼貼剪剪，也太費事了。於是在諸親好友攛掇之下，厚著臉皮，把咱這些不成氣候的文章出版啦。寫到此處好像東洋車上馬路，簡直沒轍啦。咱既然是耍筆桿的，只好把幹公務員的法寶四字真言「是否有當」搬出來做結尾啦，寫得不對的地方，還請讀者女士先生們，多多包涵，惠予批評，不吝指教吧。

唐魯孫先生作品介紹

(1)老古董

本書專講掌故逸聞，作者對滿族清宮大內的事物如數家珍，而大半是親身經歷，所以把來龍去脈說得詳詳細細。本書有歷史、古物、民俗、掌故、趣味等多方面的價值，更引起中老年人的無窮回憶，增進青年人的知識。

(2)酸甜苦辣鹹

民以食為天，吃是文化、是學問也是藝術，本書作者是滿洲世家，精於飲饌，自號饞人，是有名的美食家。又作者足跡遊遍大江南北，對南北口味烹調，有極細緻的描寫、有極在行的評議。本書看得你流口水，愈看愈想看，是美食家、烹飪家、主婦、專家、學生及大眾最好的讀物。

(3)大雜燴

作者出身清皇族，是珍妃的姪孫，是旗人中的奇人，自小遊遍天下，看得多吃得多，所寫有關掌故、飲饌都是親身經歷，「景」「味」逼真，《大雜燴》集掌故、飲饌於一書。

(4)南北看

作者出身名門，平生閱歷之豐、見聞之廣，海內少有。本書自劊子手看到小鳳仙，自衙門裡的老夫子看到盧燕，大江南北，古今文物，多少好男兒、奇女子，異人異事……一一呈現眼前，是一部中國近代史的通俗演義。

(5)中國吃

本書寫的是中國人的吃，以及吃的深厚文化，書中除了談吃以外並談酒與酒文化、談喝茶、談香煙與抽煙，文中一段與幽默大師林語堂先生一夕談煙，精彩絕倫不容錯過。

(6)什錦拼盤

本書內容包羅萬象，除談吃以外從尚方寶劍談到王命旗牌，談名片、談風箏、談黃曆、談人蔘、談滿漢全席……文中作者並對數度造訪的泰京「曼谷」不管是食、衣、住、行各方面均有詳細的描述。

(7)說東道西

《說東道西》是唐魯孫先生繼《老古董》、《酸甜苦辣鹹》、《大雜燴》、

《南北看》、《中國吃》、《什錦拼盤》之後又一巨獻。

他出身清皇族，交遊廣，閱歷豐。本書從磕頭請安的禮儀談到北平的勤行，由蜀山奇書到影壇彗星阮玲玉的一生，自山西麵食到察哈爾的三宗寶……所論詳盡廣泛，文字雋永風趣，是一部中國近代史的通俗演義。

(8)天下味

本書蒐羅了作者對故都北平的懷念之作，除了清宮建築、宮廷生活、宮廷飲食介紹外，對平民生活的詳盡描述，也引人入勝。收錄了作者對蛇、火腿、肴肉等山珍，以及蟹類、臺灣海鮮等海味的介紹，除了令人垂涎的美味，還有豐富的常識與掌故。更暢談煙酒的歷史與品味方法，充分展現其博學多聞的風範。此外另收〈香水瑣聞〉與〈印泥〉兩文，也是增廣見聞的好文章。

(9)老鄉親

唐魯孫先生的幽默，常在文中表露無遺，本書中也隱約可見其對一朝代沒落所發抒舊情舊景的感懷，無論是談吃、談古、談閒情皆如此，但其憂心固有文化的消失殆盡，在在流露出中國文人的胸襟氣度。

(10)故園情（上）

凡喜念舊者都是生活細膩的觀察者，才能對往事如數家珍。故園情上冊有唐魯孫先生的記趣與評論，舉凡社會的怪現象、名人軼事、對藝術的關懷，或是說一段觀氣見鬼的驚奇，皆能鞭辟入裡栩栩如生。

(11)故園情（下）

喜歡吃的人很多，但能寫得有色有香有味的實在不多，尤其還能寫出典故來，更是難能可貴。唐魯孫先生寫的吃食卻能夠獨出一格，不僅鮮活了饕餮模樣，更把師傅秘而不傳的手藝公諸同好與大家分享。

(12)唐魯孫談吃

美食專家唐魯孫先生，不但嗜吃會吃也能吃，無論是大餐廳的華筵餕餘，或是夜市路邊攤的小吃，他都能品其精華食其精髓。本書所撰除了大陸各省佳肴，更有臺灣本土的美味，讓人看了垂涎欲滴。

中國吃／唐魯孫著. -- 十版.-- 臺北市：大地,
2020.02
面： 公分. --（唐魯孫先生作品集；5）
ISBN 978-986-402-330-1（平裝）

863.55 108023318

中國吃

唐魯孫先生作品集 05

作 者	唐魯孫
發 行 人	吳錫清
主 編	陳玟玟
出 版 者	大地出版社
社 址	114台北市內湖區瑞光路358巷38弄36號4樓之2
劃撥帳號	50031946（戶名：大地出版社有限公司）
電 話	02-26277749
傳 眞	02-26270895
E - mail	support@vastplain.com.tw
網 址	www.vastplain.com.tw
美術設計	博客斯彩藝有限公司
印 刷 者	博客斯彩藝有限公司
十版一刷	2020年2月

大地
定 價：280元